聞人悅閱——【異境】琥珀 /p90

攝影師：Jason Li

梁文道——【影像】明·暗 /p98

【影像】明·暗 /p98

攝影師：楊明

K

書特別冊

硬核文學讀本

無可掌控！
荒原意象緩步行藏三月秘儀，霧氣
退避重遇於滿月
的海邊，披掛鎧甲，蒼鬱倥傯
滴落的指望星辰俯仰成山，街衢盤桓
斷崖之姿，頑抗的
透明，或阻障

無可毀棄！
嘶咻的讖緯威嚴，拼湊羽翼覆亡，肢體的
駢語劇場：「是」（Being）與「有」（Having）
書寫的表象，和歌，癲罔
靜態攔截
時間，時間的啟蒙羅網，訓誡人蓄謀
溫馴地踱入，那一夜明暗翻覆憂傷

無可逸逃！
零度的分離。把握最
冷的幻覺開啟陰影敘說，完美的敵人筆跡
雕繪措意，透析，克萊因瓶的深撚
暴脹宇宙。抗爭！要抗爭！有氣
無力地吆喊著，複寫一隻蟲卵
所堪破的不羈、不馴、牽絆哀亡

無可命名！
異境的美麗背影
以忘言的義理紛擾人間法則，風格，隱隱
擺置萬物的終結之序，矜持如
敬敏者的圓光，顛僕蹉跎（Being as Ipseity）
臨在悅樂，遊心昏暗誘惑廣場
白蟻的情傷，空花淺絳，自反方向。

《K 書》特別冊 —— 形同陌路的時刻

視覺顧問｜葉錦添　行銷顧問｜李玉華　主編｜齊默　策略顧問｜蕭富藍
執行編輯｜巫永森　封面設計｜ELEPHANT DESIGN　美術編輯｜ELEPHANT DESIGN

出版｜行人文化實驗室　印刷｜博創印藝　代理發行｜行人文化實驗室
地址｜100 台北市中正區南昌路一段 49 號 2 樓　電話｜+886-2-3765-2655
經銷商｜大和書報圖書股份有限公司　電話｜+886-2-8990-2588

初版｜2023 年 2 月　定價｜360 元　ISBN｜978-626-96497-6-1

國家圖書館出版品預行編目 (CIP) 資料

<<K 書 >> 特別冊：形同陌路的時刻 / 齊默主編 . -- 初版 . --
臺北市：行人文化實驗室 , 2023.03
面； 公分
ISBN 978-626-96497-6-1(平裝)

863　112001035

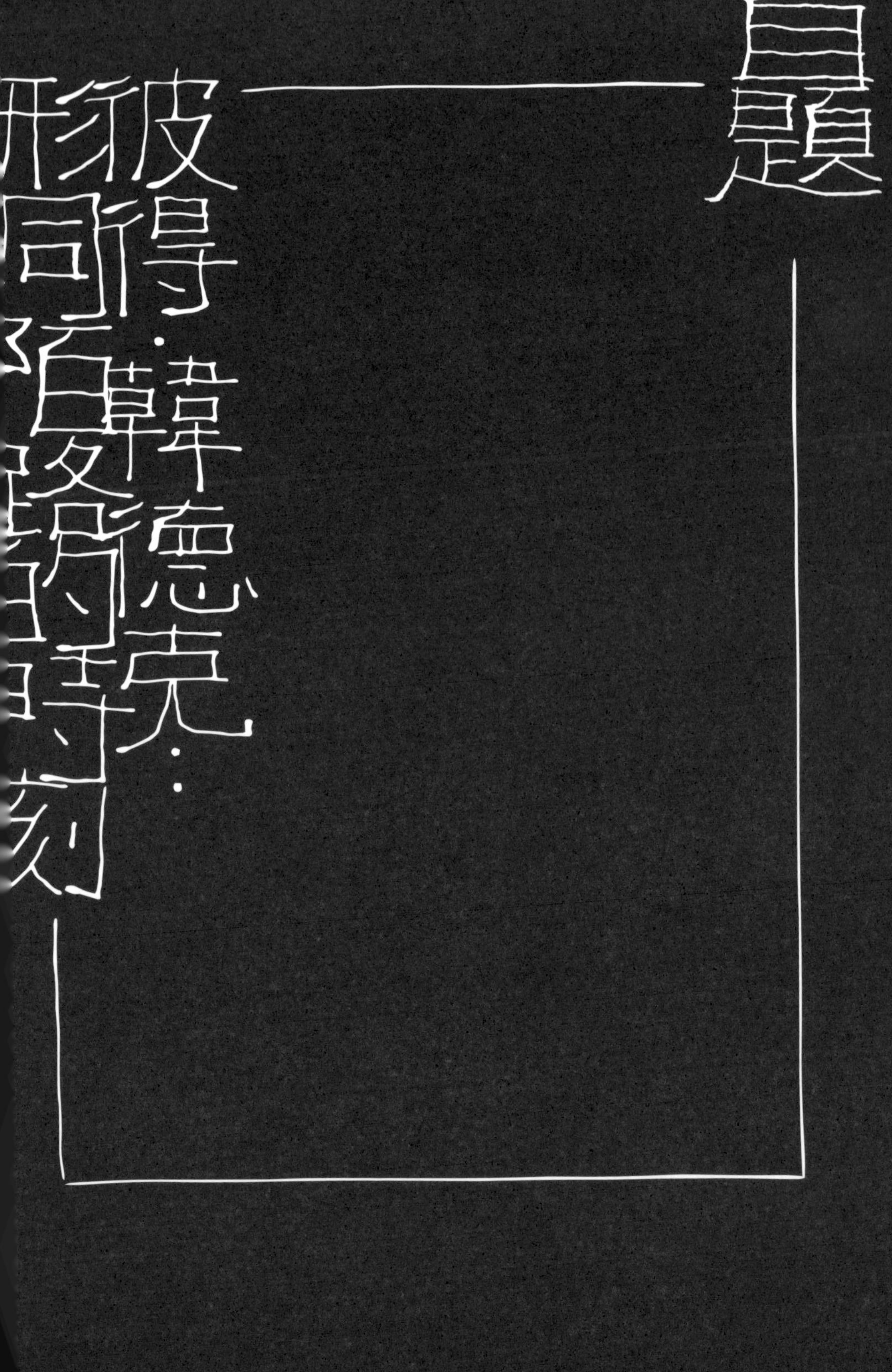
首題
彼得・韓德克：
形同陌路的時刻

別吐露你所看見的東西；就讓它留在圖像裡吧。

（多多納［1］神諭宣示所箴言）

十餘名演員和戲劇愛好者

［1］多多納 (Dodona), 古希臘神話中主神宙斯的古神殿，位於希臘的伊庇魯斯。

形同陌路的時刻

一部舞台劇

付天海 譯

舞台是耀眼燈光下的一塊空曠場地。一個人飛快地跑過場地，表演開始。又有一個人從另一個方向同樣跑過場地。接著兩人呈對角同樣跑過場地，各自身後都跟著一個人，彼此保持很近和同等的距離。

〔停頓。〕

一個人從場地後側走過。

他一邊獨自走著，一邊不停地用力張開十指，伸展並緩慢地舉起雙臂，直到在頭頂上形成拱狀，繼而又把它們放下來，同樣從容不迫，就像他自由自在地走過場地的樣子。

他消失在後面的小巷之前，邊走邊造著風勢，大張開兩手將風搧向自己，同時相應地將脖頸後仰，面朝著天，最後轉彎走下去。當這人轉瞬間又以相同的節奏出現時，另一個人從舞台中央迎面朝他走來，並且邊走邊無聲無息地打著拍子，先是用一隻手，繼而另一隻也參與其中，最後從場地拐進另一個小巷時，他的整個身子都跟隨著拍子的節奏晃動，就連步態也嫻熟地融入節拍之中。

他像前者——他在後場以均勻的步調進進出出，繼續竭力造著風勢，發出光芒——一樣，亦步亦趨地轉過身去，一而再，再而三，跨著大步走過場地，一個勁地打著拍子。這時，在舞台前面又有四個、五個、六個、七個人相繼入場，從左邊，從右邊，從上邊，從一個看不見的欄杆或橋樑上跳出來，從下面，從一條溝裡或者一個胡同口里鑽出來，形成一支浩浩蕩蕩的隊伍。

他們也在場地上跑來跑去，在上面一哄而散，離開場地，立刻又跑回來，獨來獨往，各自「表演著自己拿手的東西」，不斷突然變換著形體和姿態，似真似幻：由立定到跳躍，立刻又是過渡狀態，再說神情幾乎一變不變，突然改變方向，拍打鞋面，伸開雙臂，將手遮在眼上方，拄著拐杖行走，輕聲踏步，摘下帽子，給自己梳頭，拔出一把刀，空中揮拳舞來舞去，回頭張望，撐開雨傘，夢遊，突然倒地，隨地吐痰，沿直線練習平衡，踉踉蹌蹌，蹦蹦跳跳，行進途中身體旋轉一周，輕聲哼唱，發出呻吟，用拳頭擊打自己的腦袋和面部，繫緊鞋帶，順著地面短暫打滾，在空中寫來畫去。所有這一切混亂不堪，無始無終，只是在籌劃中。

轉眼間他們又消失了，台前那些，場地中央那個，還有最後面那個。

［停頓。

一個人穿過場地，眼睛看都不看場地，他是個釣魚人，正在前行的路上。

隨即有一個裹得嚴嚴實實的老嫗，同樣穿過場地，身後拖著一輛購物車。

她還沒有完全走出人們的視線。這時，只見兩個頭戴消防員鋼盔的人衝了上來，手臂上挎著軟管和滅火器，與其說是在執行緊急任務，不如說是一場消防演習。

緊隨其後的是一個球迷，走起路來神情恍惚的樣子，正在回家的路上，離家還很遙遠，腋下夾著一面燒焦的小旗，旗子在他行走時開始逐漸脫落。後面又跟著一個身份不明的人，肩上扛著一把梯子，然後有一個穿高跟鞋的美人緊隨著他登場，超過他時蹭上了梯子，可兩人對此都沒有在意。

［停頓。

一個玩輪滑的人從場地上疾馳而過，轉眼間沒了蹤影。

一個地毯商裝扮的人，肩上扛著一摞地毯，佝僂著身子，彎曲著雙腿，不時駐足歇息，跟在玩輪滑的人身後橫穿過場地，行走在拜訪客戶的途中。

他依然艱難地拖著步子走去。這時，一個牛仔或牧馬人裝扮的人與他擦肩而過，每走三步就抽著響鞭，同時和對方一樣各走各的路。

此間，同樣有一個赤腳女人從遠遠的後方穿過場地，她走走停停，雙手掩在臉上，行進中將雙臂垂下，嘴裡含著一根手指，咧著嘴傻笑，吧嗒吧嗒地拖著腳兜起圈子來，一副弱智的樣子，或許她就是剛才穿場而過的那個美人吧。與此同時，在場地最前方，有兩個年輕姑娘緊隨著這個赤腳女人，她們登場時手挽著手，一瞬間突然變成一對側滾翻運動員，不一會兒又悄然不見了蹤影。

隨之，有一個人像穿插進來的場地守護者，拐來拐去地走過場地，從一個圓桶裡大把大把地往外撒灰，有一個罕見的老者當隨從。這人高高地昂著腦袋，上面頂著一只碩大的搖籃，連同一個相應的紋章，兩個拳頭扶著它們，小心翼翼地邁著步子，如同走在鋼絲上似的，隨後乾脆鬆開雙手，讓那玩意兒自由地在頭頂保持平衡，同時慢慢地開始蹦蹦跳跳，最終成為一種自信的表演。

幾乎與他同時，還有一個地方商人打扮的人急匆匆地走過去，他在穿越場地時將自己的一串鑰匙（也許是汽車鑰匙？）塞進兜里，把另一串大些的鑰匙（房門和店鋪鑰匙？）掏出來，邊走邊撥弄出合適的那一把來，並且拿著它朝著自己的目標退去。

緊跟著，有個身份無法確定的人出現了，就像是尾隨著他跑過來似的。這人在場地中央停住步子，又慢慢轉過身去。

「停頓。

耀眼的燈光下，場地上空空如也。場地高高的上方有一架飛機，一會兒是飛機的影子？然後又是先前的狀態。一陣塵土飛揚；一陣煙霧繚繞。一名身著制服的人從舞台一側闊步穿場而過，隨即又從另一側返回來，手裡拿著一束花，隨之走捷徑消失了。

一名滑板愛好者拐來拐去避開某種想像中的障礙，然後從滑板上一躍而下，將滑板夾在腋下，不緊不慢悠然自得地退去，與先前那個玩輪滑的人沒有什麼共同之處，轉眼間被一個身穿大衣、頭戴禮帽的剪影所替代。當這個行者脫帽向四周頻頻致意時，後者身上不時掉下葉片來；當他要解開大衣鈕扣時，前者身上刷刷地落下碎石和細沙來，最後還有幾塊石頭砰砰地滾落下來。

相反，這個身影濕漉漉的人，他此間已經沿著完全不同的軌跡穿過場地，渾身上下水淋淋的，彷佛是一個乘船遇難者，他彎曲著雙膝慢慢地移動過來，逐漸誇張地直起身子，然後便踉踉蹌蹌地從圖像上消失了。

取而代之的是此刻走來的一個年輕女子，一身輕便的工作裝，手裡的托盤上放著幾只咖啡杯，劃起一道弧線穿過舞台，之後便拐進一條小巷里。

有一個馬路清潔工同樣走過去，沿著另一條路線，推著放有掃帚和鐵鍬的小車。

「停頓。

燈光下場地空空如也。一聲寒鴉的尖叫，猶如人們會在深山野林里聽到的那樣。

此後又是一隻海鷗的叫聲。一個戴著盲人眼鏡的人摸索著走進來，手上沒拿拐杖，在場上四處瞎摸，然後茫然若失地站在那里。與此同時，在他周圍，四面八方不時地充斥著一種插曲似的熱鬧情景：一個跑步的人踏著沈重的腳步突然從他身邊跑過（他已經跑了很久）；一個人慌慌張張地飛奔而去，不時回過頭來張望，他身後有個人窮追不捨，衝著他揮舞拳頭，把他當一個小偷在追；一個人作為露台服務生登場，打開一瓶酒的瓶塞，用手指將瓶塞彈過場地，隨之又退下場去；又是先前那個推著購物車的老媼，身邊跟著另一個幾乎同樣裝束的人，只是購物車不同而已；同時有一個人騎著山地車，一再從車座上抬起身子；同時還有一大幫人邁著大步，一個接一個走過場地，他們身上的旅行袋隨之晃來晃去，就像有時候年輕人在火車上從一節車廂湧向另一節，或者一個球隊下了巴士趕往賽場時那樣；又有一個人行走時翻閱報紙，頭抬都不抬一下，繞過那個在場地中央好像側耳傾聽的盲人。這時，一個陌生的面孔從拐角處奔來，從盲人身後抓住他的肩膀，挽住他的胳膊，拽著他穿過場地中央退去，盲人頭也不回一下，退場時小心仔細觸摸對方塞到自己手裡的書。

在這兩個人剛剛站過的地方，此間又一個漫遊者在走動，穿著長長的風衣，背著顯得不合時宜的背包，腳穿釘有鐵掌的鞋子，如此一心只想著趕路，就連在場地上中途歇腳的念頭都沒有。他誇張地甩著一隻胳膊，彷彿要在甩動中抱住一個想像的腰，然後又同樣甩動起另一隻。

其間一個打扮時尚的年輕女子橫穿過舞台，一手握錘，一手拎著一把打開的折尺，嘴裡銜著幾枚鐵釘。

[停頓。]

一張報紙從場地上翻卷著飄過，接著又是一張。

一輛遙控玩具車突然從一個角落裡冒出來，在場地上猛地衝來衝去，繼而又快速駛離。

一只五顏六色的風箏搖搖晃晃地落下來，拖過場地，然後像那張報紙一樣被吹進那條小巷裡。

一根跌落在什麼地方的鐵棍發出的聲音久久地迴盪著。一聲霧笛。一聲短促的不可名狀的尖叫，然後是小鳥兒嘰嘰喳喳的啾唧，接著一陣嗒嗒的腳步聲，就像一群孩子歡快地從街道上跑過。

一個醉漢東倒西歪地斜穿過場地後側進入燈光裡，先是嘟囔著什麼，然後嚎啕大哭，繼而發出尖銳的喊叫，最後就是齜牙咧嘴，咬牙切齒。

一隊機組人員提著各自的行李穿過場地，沿著他們好像事先確定的路線走去，後面跟著一個小丑，緊隨著他們，做著鬼臉，亦步亦趨地戲仿著他們，親吻著他們的腳印，然後伏在地上仔細傾聽，最後爬著退去。

在這期間，場上什麼地方又冒出一個年輕女子，行進中她從一個袋子裡取出一沓照片來，一張一張地仔細觀看，停住腳步，露出微笑，笑得越來越起勁，始終沈浸於同一張照片中，繼續走去，直至看到迎面走來一個與她同喜同樂無法言狀的行人，她立即收起笑容，戴上面具拐進那條小巷裡；而對方則繼續微笑著走過場地，片刻間，那個小丑畫著小弧線翻著跟頭闖進來，隨之又消失的小丑戲仿著他的模樣，隨之又消失了，於是那微笑在臉上堆得更滿。

一個人從空間深處闊步疾速地走過來，像個年輕的實幹家，一身相應的行頭，行進中突然停住步子，手猛地伸進上衣兜裡，接著翻出其他口袋，先是把兜裡的東西倒在手裡，然後放在小手提箱上，最後再將它們一個接一個地塞回去，小心翼翼，一絲不苟，十分莊重：色彩鮮艷的手帕、遊戲色子、一個空鞋油盒（以此彈擊出一種叢林鼓聲）、一個扇貝、袖珍計算器、鋼制短棍、蘋果、女式長筒襪、心形胡椒蜂蜜餅、鞋帶、一沓零散的鈔票、信用卡夾和照明手電。

然後他像先前登場時一樣又急匆匆地退去，提箱子的手同時還拿著蘋果。

那個馬路清潔工又拿著掃帚一路清掃走來。這時，他把那些紙掃到自己前面，可它們立刻又飛到他的身後，他越是朝著一個方向掃去，就會有越來越多的紙片反方向從他左右兩側飛過，無論他怎樣一再折回來，反覆從頭開始；他毫不放棄，左右清掃，就這樣向前走去，一刻也不停頓，最後消失在視野之外。

終於又有一個美人走過，在她出場的這一刻，她垂著眼瞼，看樣子，她意識到四面八方的眼睛都盯著她，便故意裝成這樣——一副漠然置之的樣子——，她穿過舞台中央，僅僅從眼角不時投去一瞥，只是讓人可以預感到：沒有貓的尖叫，沒有從擴音器里傳來的打嗝聲，沒有突然而至的喇叭聲，也沒有從小巷裡猛地傳出的犬吠——戲仿？——此時此刻，也不是纏在她雙腿之間的紙片，那突然從天而降的瓦塊干擾令她不安，更不是那片刻間從一條小巷裡直潑遍她全身的水柱；只是在退場時她才又睜開雙眼。

一個身著時裝的姑娘端著咖啡托盤繞著大圈走來，同時一個乞丐裝扮的人坐著當完別人畫像的模特後橫穿過場地，邊走邊數著盤子裡的錢幣，隨後將一切統統塞進大衣兜裡。

然後兩個身份不明的人從不同方向穿過四方形場地，其中一個手裡拿著一本書，另一個手裡拿著一塊麵包。

他們齊頭並進時，彼此都不看對方一眼，其中一個翻開自己的書，另一人則啃起自己的麵包。

看書的放緩了腳步，吃麵包的同樣如此；然後看書的抬起頭來向後張望，啃麵包的則左顧右盼地退場。

空空如也的大場地上燈光明亮，除此之外什麼也沒有。另有兩個不明身份的人出現了。其中一個停住步子，抬起頭來，像是到了目的地，環顧四周，深深地呼吸著，點了點頭，另一個則不斷地向他揮手示意，一而再再而三，最終他從容地轉過身去，保持距離跟隨他而去。

在這期間，後台響著鈴聲，一個騎車打扮的年輕人走著。

一個裹著頭巾、穿著膠鞋的女子橫穿過場地，她拖著一只噴壺，旁邊有一把枯萎凋謝、近乎腐爛的花束，她將花束高高地扔到場後。

緊接著，不知從什麼地方又來了一個幾乎同樣裝束的女人，名副其實的老太婆，手裡拿著一把鐮刀，一捆乾樹枝，還有一只盛滿野蘑菇的提籃。

第三個女人，身份不明，幾乎同樣的裝束，沿著第三條路始終如一地在走動著，她兩手空空的，脊背和脖頸深深地彎曲著，面朝地，幾乎原地未動，所以在她身後另一個漫遊者趕上來，放慢步子，一而再再而三，彷彿那小道過於狹窄而無法超越似的，與此同時，他平靜地遙望著遠方，毫不理睬近在咫尺的那個人。

在這兩個幾乎一直在原地踏步的人對面，走來一個廚師裝扮的人，看樣子好像是在短暫的工作間隙出來透透風，迅速地抽上幾口煙，隨即又不見蹤影了。

又一個人十分吃力地從拐角走來，肩上扛著沈重的漁網，而那個漫遊者在退場時捧著飛入自己襯衫裡的一隻飛蟲在亮處看了看，並且放它繼續飛走。

打雷了，接著又是一聲。

一個女子跑過場地，又跑回來，懷裡抱著亂七八糟的一大摞晾曬的衣物。

彷彿什麼都沒有發生過似的，一個叉開雙腿的人大搖大擺地走過去，臀部和肩膀一個勁地擺動著，活像一個場地主人，緊跟其後是個場地小丑，小丑起初戲仿他，然後挽住他，先是挽住手臂，接著抱住腿——一條腿跟在他身旁蹦來蹦去，最後趴在地上，扮作哈巴狗圍著主人狂吠不止，而這個只知道獨自一人在這個廣闊場地上的場地主人在他巡查的過程中也僅僅只有一次感受到了小丑的存在。

這期間，在一條側道上，一座端直固定在一輛平板車上的雕像被拖過去，而在同樣一條側道上，又有一個人走過，並且捂住雙耳要躲開從左右兩邊響起的警笛聲。警笛聲越來越大，最後升級為轟鳴的警報聲（但隨即又中斷了）。

一個捕鳥人手提鳥籠，身著羽衣，幽靈般地從舞台上一晃而過。

望著捕鳥人的視線被像一小隊伐木工人的東西擋住，他們扛著斧頭和鋸子走在上班的路上。

在他們身後，一個年輕女子鬼火般地從場上閃過，她瞪著大眼，一手掩口，然後放下來，發出無聲的哭喊，周圍隨即響起一片似乎是正午麻雀的叫聲，夏日燕子的唧唧聲，還有其他一些叫不上名字的鳥兒的啾唧聲。

一個球童裝扮的人與這個年輕女子擦肩而過，繼而又是一個日本人打扮的人，脖子上掛著一部相機，手裡還端著一台隨時準備拍照，他毫不理睬這些與他不期而遇的人，眼睛只盯著這個場地，隨即將它固定在圖像里，連同那個剛才默默哭泣著離去的女子，一個這次前面揚著帆的玩輪滑的人，一個取代了先前的廚師、又跟他一樣出來透風抽煙的、轉眼又很快離去的醫護人員。緊接著，他又徑直跑回去，那兒已經有人在招呼他繼續往前滑。

兩個人分別橫穿過後場和前場，耷拉著腦袋，他們身上絲毫沒有什麼引人注目的地方，只是他們的行走有點匆忙。

[停頓。

場地空空如也，燈光閃亮。

呼嘯聲響起來，愈來愈強烈，洶湧澎湃的波濤聲在場上激蕩迴旋，逐漸平靜下來。

一個蒙著雙眼的男子或者女子拐著小彎摸索著走出一條小巷，覆而消失在另一條裡。

一個人將手遮在眼上方，頭頂一根彷彿忘記拿掉的羽毛從場上走過，而另一個與他迎面走來，目不轉睛地盯著他顯然剛剛包紮過的手。

兩個跑步的人一前一後分別從不同方向瘋狂地奔過場地，在咚咚的腳步聲中，幾乎撞到一起，既無問候，也無致意。

相反，這種情形卻發生在兩個騎自行車的郵差邂逅時，同樣也發生在兩個身著制服的巡防員相遇時，接著還發生在一男一女彼此擦肩而過時，當然幾乎是隱蔽的，或者是秘密的。

一個人費了好一陣子從場地上拽過一葉藍色的輕舟，裡面有一個白色的身影，像木乃伊似的，可以讓人預感到。

一個擺出一副逍遙的店主派頭的人從一旁冒出來，如此久久地置身於觀眾的視野中，然後又退下去。

一小隊漫遊者呈對角線穿過場地，相應地有打前站的，有大隊人馬，還有那個孤零零的掉隊者，他耷拉著腦袋，拖著沈重的腳步，任由場外有人吹著口哨催促也不加快速度；他退場時甚至停住腳步，脖頸後仰，用手在空中比畫著不同鳥兒的飛行動作，繼續前行時將這一切都搧到自己的長袍底下。

在這期間，又是那個，或者是另一個美人飄然而過，挽著那個，或者另一個？場地小丑，小丑興高采烈地跟在一旁一瘸一拐，蹦蹦跳跳，翻著跟斗；行進途中，她的身上閃現出巨大的亮光，從頭戴的花環直到高跟鞋和那閃光發亮的飾物，在這其中，她透過一片碩大的、孔狀樹葉，如同透過一把扇子一樣投去一個個目光；小丑則向這一圈人拋去飛吻，其中有一個黑衣修女走出來，面部遮著，一手提著一只塑料箱，另一只手裡拎著一個包裹，在這兩人身後去往別的地方。

接著幾個身份不明的人在舞台上停留了一陣子，從一個行動奔向另一個。

一個人扛著一棵樹走過。

一個人從地下，從深處冒出來，戴著下水道工人的頭盔，接著又以同樣的方式消失。

同樣是從場地後側下方，好像從溝渠裡或淺井裡又爬上來兩個，看樣子已經一起在那兒待了很久，他們沐浴在場地的燈光下，擁抱在一起，從那里開始不慌不忙地走著一個開放的螺旋形，一再回過頭去張望著他們待過的地方。

一個匪徒裝扮的人，兩手空空地玩著手指，其間短暫登場，此刻又快速地折回去，兩隻手提著沈甸甸的購物袋，裡面的蔬菜探出頭來。

接著有一個被捆綁著的人，同樣迅速地穿過，一個赤腳人，由兩個身份不明的便衣押送著。

那個被捆綁的人在其短暫的被押解途中用眼光巡視了四面的觀眾，但是緊隨其後的也許又是那個，或者另一個美人，她將觀眾的目光全都吸引到自己身上，她這次穿過場地時拖著沈重的步子，腹部高高隆起，像臨產的孕婦，孤零零的，她手裡拿著一封信，一邊行走一邊往信封上貼了一枚郵票。

這個和那個，老的和少的，男人和女人此後成了她的隨從；他們也拿著各式各樣的信件，將它們翻來看去，然後才給其中的一部分寫上地址，封上口，再看一遍，端詳著那些明信片，從不同方向奔往場外一個看不見的中心；這人兩手空空地又返回來，去往別的什麼地方；另一個朝著那條小巷的縱深走去，還有人回來片刻後又從後場鑽入地下。

在這期間，舞台某個地方有一個人幾乎一絲不掛，像一道閃電似的劃過，又一個人身著工裝走過前場，腰間緊束一根粗麻繩，肩上搭著一個海員背包，登場的瞬間卸下包，往裡塞進一個碩大的地球儀。繼續行走時，地球儀從包裡向四周放光，而它的主人一路上興致高漲，一再不停地說著一些令人無法理解的話語，這些話語逐漸消退為喃喃細語和竊竊私語。

兩個獵手用一副綠色的樹枝擔架抬著一名同伴從場上走過。

接著有兩個人乾脆只是走動著，一個漫無目標，一個目標明確，其中一個在行進中從一個漫無目標的人變成了一個目標明確的人，而那個目標明確的追隨者則突然失去了目標。

場地周圍再次響起一陣呼嘯。一個像服務生的人在短暫地登台時，從一個桶裡取出冰塊在桶邊磕成碎塊。

[停頓。

明亮的燈光下，場地上空空如也。一張紙片從高空落下來，宛若夏天裡的一片樹葉。一聲槍響，其回聲不絕於耳。一個人佩戴著一副陰森古怪的配鏡器登場，像是從眼鏡店裡出來，試了試觀看效果，又退下去。別的地方有一個女子橫穿場地，肘窩裡挽著一只籃子，裡面盛著早熟的蘋果，在行走時拿出一個就啃了起來。一個場地守護員，是同一個呢，還是另一個？剎那間拐進來，手執一根膠皮管沖洗地面。有人高高地撐著陽傘，率領一個小旅行團登場，更確切地說，他們一個個佝僂著身子，一副鄉巴佬模樣，身著深色莊重的服裝，多數年事已高，他們猛然停住腳步，彷彿面對場地上這赤裸裸的光線，不約而同地發出一片驚奇的呼喊。與此同時，他們個個都彎腰駝背，緩慢地在這個圈子里交頭接耳，退場時又在領隊默默的見證下，彷彿就是做給他看的，重覆著這樣的呼喊，而在他們緊閉的嘴唇裡，呼喊變成了巨大的嗡嗡聲。

又有一對男女從遠處彼此迎面而來，其中男的立即垂下頭來，而女的則一直昂首挺胸，就在兩人即將相遇的時刻，男的突然抬頭望著對方的臉，可女的卻已搶先一步將頭歪向一邊。

兩個美人，像是競走運動員——運動項目——，身著相應的裝束，一溜煙似的從場地上扭過。

一個女子，看樣子像是成長中的現代商業女性，手裡拎著一只透明的小提箱，裡面的物品清晰可見。她邊走邊仔細研讀一份卷宗，同時手裡還夾著一部抽出天線的便攜電話。電話頃刻間掉在地上，就在她不情願地彎腰拾起電話之後，箱子又隨之迸開，裡面的物品全都撒了出來，在她罵罵咧咧地把散落一地的物品又收集起來之後，剛一邁出步子就打了個趔趄，對此她突然莫名其妙地微笑起來，繼續行走時，她再次埋頭於卷宗中，這種微笑便愈發明顯，因為在她發出一聲痛苦而憤怒的喊叫之後，她此刻才真的踉踉蹌蹌，跌跌撞撞，幾乎跌倒在地；這微笑在退場時居然變成了大笑。

又是一個漫遊者，一手拿著禮帽，一手拿著書，低垂著腦袋在走自己的路。這時，另外兩個跑步者踏著步子跑過來，腳步聲使得整個場地隆隆作響，他們在超越時就像把這個行路者夾住一樣，將他手中那兩樣東西蹭到地上；他們連頭都不回一下，便上下晃動著腦袋揚長而去了。這個行路者此刻一本正經地啐口唾沫，彎下腰拾起東西，繼續走自己的路，那個跑在後面的人突然舉手致意，他也隨即突然揮手回應致意。

當他依然逍遙地漫遊時，在他的身後已經有一個土地測量員立起了測量支架，透過測量儀窺望，向場地對面那個看不見的夥伴急速地左右揮手示意，向對方豎起大拇指，轉眼間已經又撤離了場地。

一個老者出場，手裡拎著一把古老的大門鑰匙，猶如一個稍縱即逝的邊緣形象。

接著一個男子出場，有可能是先前那個日本人。他手裡握著一根登山杖，背著一個白髮婦人；一個小夥子手裡握著一把用棕櫚葉或蕨類植物紮成的撣子；有兩三個人走過去時從軍用水壺裡喝著水；一個人裝扮成剛剛從西奈半島返回來的摩西，捧著刻有法典的石碑；一個人顯得磨磨蹭蹭的樣子，突然打起精神，並攏腳後跟行禮；一小群人身著白色和黑色的節日盛裝，行進間不斷有米粒從他們的頭上和肩膀上滾落下來；又有一個美人，起初只能看到她的背影，突然間卻面朝著我轉過身來。

同樣是突然之間，一團東西從他們之中飛出來，衝到場地上，先是跳起踢踏舞，就像多聲部的哀泣、怒吼、號啕、哆嗦、尖叫，並且這樣在場地上滾來滾去，最終真相大白，這不是許多生靈，也不是兩個相互打鬥的人，而不過是一個孤零零的生靈，處在死亡的掙扎中，然後終於挺過來了；這團東西舒展開來，旁邊散落著那些在打鬥中喪失的東西，那些鞋子。

那個阿諛逢迎的場地小丑跑了過來，戲仿那個垂死者的掙扎，直到最後抽搐。

一片寂靜。

兩個人跑過來，身穿白大褂，抬著一副擔架：幾下子就將屍首抬走，連同死者的遺物。

兩個人，起初保持距離，成為死亡的見證人，此刻彼此糾纏在一起；他們相互攻擊對方；彼此撲打著迅速離場。

接著，一個快樂而毫不知情的人逍遙自在地走過去。

明亮的燈光下，場地孤零零的。場地四處又呼嘯著，秋天一般。

一個園藝工裝扮的人走過去，身後拖著耙子當節杖，上面有一袋乾草，其中有幾簇掉在地上。一個殘缺不全的馬戲團——一個發布人、一個報幕女郎、一個看似玩雜耍的、一個模樣像小丑，肩上還蹲著一隻小猴，一個侏儒——繞場一圈，就像在圓形競技場裡一樣，半路上似乎那個場地小丑也加入其中，瞬間在那裡找到了自己的立腳之地，接下來又孤單一人，並且誤入迷途。

又有一個美人趾高氣揚地穿過場地，另一個緊隨其後，邁著更快的步伐，突然衝向前去，在她前面那個美人的腦袋上狠狠地拍了一下，隨即跑進旁邊一條巷子裡；前者則捂著腦袋，一動不動地站著。

還在她如此一動不動的時候，又有一名玩輪滑的人走過來，並不停地用滑雪杖助推著，在疾馳而過時一把搶走她的手提包，從而使她原地打起轉來。

當她依然站在原地一動不動的時候，一個人拿著畫架走過去，頭戴黑色尖頂禮帽，身著十九世紀服裝；一個戴著神怪面具，片刻間從一個小巷子里閃出來，兩人擦肩而過時相互用腳傳著一個球；又有一個老婦人走來，推著那輛熟悉的購物車，車裡塞滿了破破爛爛的塑料袋，此間行進中自然發出刺耳的咯吱聲；一個人裝扮成人猿泰山，在後方遠處的空地上晃來晃去；一個人身著晨服，推著一個垃圾桶一閃而過；這個女的和那個男的再次出現在場上，正在前往發信的路上。

一個男子躡手躡腳地從後面靠近那個美人，猛然躍起用手輕輕捂住她的雙眼，還沒有等到她回過頭來看個究竟，就抱著她的膝蓋和腋窩將她弄出場外。

她發出一聲深切的嘆息。一個人走過去，赤裸裸的手臂上戴滿了手錶。兩個或者三個人身著沈甸甸的深色防寒服，手提皮箱和木箱，遇到另外兩三個人，這幾個人路上一身輕，穿著五顏六色的夏裝。

他們雙方暫時被一輛在其中盤旋行進的橡膠輪胎電瓶車擋住去路，車上兩個頭戴鴨舌帽的人押送著一口棺材，那個場地小丑雙手抱在胸前，扮作參加葬禮的弔唁客，跟在車後一路小跑；

這兩夥人隨之直截了當地開始互換好像早已準備好的衣物，分別繼續朝著各自的方向退去。

在這期間，不知從哪兒飄來一塊面紗，接踵而來的是一個身穿新娘禮服的年輕女子，看上去顯然是在試穿，找尋著，找到了，消失了。

就在場上此刻人來人往的時候，而且更多人都輕手輕腳，場地周圍似乎再次響起了孩子們賽跑時發出的嗒嗒腳步聲，同時也夾雜著特有的呼喊。

隨意一個人此刻從另一個人旁邊經過，楞住了，對方也楞住了，他們彼此凝視著對方的臉，彼此認出了對方，相互弄錯了，都搖了搖頭，遠遠地閃開道，又一次楞住了，回過頭去相互凝視著對方的背影，搖著頭各奔東西。

無獨有偶，就在這兩個人的身影尚未完全消失時，不知從哪兒又有一個搖頭晃腦的人走著他的路，他搖得越來越慢，自然逐漸過渡到點頭，再由點頭回到搖頭，由搖頭重新過渡到點頭，這兩個動作越來越慢，一次比一次凝重，直到最後，這個像那個一樣表達著同樣的東西。

與此同時，他絲毫也沒有在意那個身著華貴的東方長袍的老者；老者用手指向前方的亮光，領著一個衣衫襤褸、渾身沾滿泥巴、幾乎不會走路的男孩穿過場地回家去；他曾經迎著先前那個每向前跨一步又退後一步的人走來，並且把他當成自己丟失的兒子。在這期間，又出現了一個僕人裝束的人，他懷裡抱著一隻羊羔，走在這幾人前面。

他們剛一走進各自的巷子裡，那個場地小丑或主人便又緊跟著他們，眼鏡推在額頭上，手指在翻一本類似歌劇劇本的東西，成為他們興高采烈的戲仿者——他戲仿他們每個人，隨心所欲，亂七八糟——離他不遠還有一個人陪伴著，手裡端著這個沐浴在燈光下的場地的微縮模型，木頭或紙板做的；最後又有一個人加入他們的行列，一只胳膊夾著模特假人，另一隻手裡捧了一摞服裝；他們很快退下場去。

明亮的燈光下，場地上空空如也，四周不時傳來此起彼伏的驚濤拍岸聲，像在一個小島上似的。

一聲旱獺的鳴哨，一聲鷹的嘶叫。一隻蟬幽靈般的短促尖叫聲。兩個人推拉著一輛小板車走過，車上斜放著一根柱子。一個男子尾隨著一個女子，剎那間，彷彿這兩個人在場地後面迅速地兜了一圈，女子尾隨著男子；她擋住了他的去路，於是他躲開，而女子又封住他的路，當他執意要過去時，他的披風被抓住了，他隨之脫開身來，半裸著身子衝了過去。這時，又有一個人不知從什麼地方走到近前來，這女子連看都沒看一眼就直接將披風塞給了他；這個新登場的人邁著大步要趕上第一個人，這女子也緊隨其後，半道上又遇到一小隊精神閃鑠的老年漫遊者。另一個獨行老人迎著這夥人走來，同樣拄著手杖，突然無緣無故地舉杖攻擊這些漫遊者，對方也不甘示弱，立即揮杖還擊，最終打鬥成了一場持續多時的花劍比賽，直到獨行老人將對手打得落荒而逃，自己又若無其事地繼續趕路。

接著有好一陣子，彷彿只有老人在場上走來走去，他們各走各的，總是朝著一個方向，同樣這些人，從這一邊登場，從另一邊離場，又從這一邊露面，這樣無休止地兜著圈子，時而像排起了緩慢前移的長隊，時而像遊行時身著長袍的顯貴，時而像收獲感恩節列隊遊行的莊稼漢，手捧禾把、葡萄酒花籃和纏繫玉米棒子彩帶，時而像老兵連同相應的一切，最後無非就是些零零散散的老人，各自為政，或硬朗或虛弱，此刻這樣彼此要爭個高低，隨之又友好和善，這一個此時走到一旁去，其他人則繼續兜來兜去，在場地邊上，在各個邊上笨手笨腳地走動著，一步一步地向前挪動，又一個從場地另一邊離隊，站在那里，為腦袋、手臂、雙腳連同手杖尋找著一道牆，一塊擱板，然後渾身上下突然顫慄起來，神色則依然平靜，當此刻從一個小巷里傳來孩子的喊叫聲時，這種神色顯得越發平靜，而且越發蒼白。喊叫聲此起彼伏，那是驚恐與哀怨的聲音，甚至蓋過了場地上隨後出現的來來往往的劇烈嘈雜聲，是些隨隨便便的行路人，其中還有一個漫不經心地控制著這個情景的電影攝制組；儘管這個地方顯然不是拍攝地點，可它連同在場的人和過路客都是這個攝制組不可分割的部分；在這種如此突如其來的混亂與喧嚷中，伴隨著孩子的尖叫聲，地平線後那一圈老人中，最後那個圓臉人顫慄地退下去，當然那樣從容不迫，以至於在這不停的顫慄中，每一個猛然抬頭的動作都清晰可見，在這擁擠的人群中尋找著那個或許留意著他的人；一無收獲（或者那不是他要尋找的雙眼）。

伴隨著這個插曲，立刻又出現了幾個短些的插曲。這時，場地上一下子只有小夥子們來回穿梭，繞來繞去，交叉而過；轉眼間只有男子；轉眼間又只有女子。接著，一個男的裝扮成女的，一個女的裝扮成男的，他們各自奔跑在場地上；他們奔跑時一件接一件地失去了各自的裝扮，急忙把它們拾起來，繼續跑動。

在此期間，一個人扮作小夥子走過，現在又折返回來，不是從步態上，而是從皮膚和頭髮可以看出是個老氣橫秋的人，在別的什麼地方，那個孩子早就不聲不響了，而兩個年輕人卻在燈光下漫步，他們也身著富有東方風格的長袍，親如兄弟，其中一個用手指勾著一條大魚，而又是在場上別的什麼地方，埃涅

[1] 希臘神話傳說中的英雄，在特洛伊城破後背父攜子逃出，漂泊海外，歷經艱辛，建立羅馬城。

[2] 中東沙漠地區的游牧民族

阿斯[1]背著年邁的父親穿過場地，手里拿著一捆正在冒煙燃燒的書卷。

〔停頓。

場地上閃耀著空空如也的光芒。

一陣摩托車的轟鳴響徹場地後方，卻看不見摩托車手人影，之後，場地上方又響起了直升機螺旋槳的嗒嗒聲。

隨之又是一陣轟鳴，激蕩迴旋。

又有一個扮作捕鳥人的人走動在場地一隅，身上穿著不是用羽毛，而是貝殼製成的衣裳，走起路來叮噹直響；他提在手裡的鳥籠空空的，敞開著。

一名身份不明的人緊隨其後，手塞在高高鼓起的大衣下面，捕鳥人頻頻回首向那人張望，而對方就像是踏著他的腳步節奏亦步亦趨，重覆著每一個彎彎曲曲的動作。

這人在追隨時啃起一個蘋果來，一包嬰兒尿布從他大衣裡露出來。這時，這個貝殼人才又望著前方，甚至在行進中輕鬆無憂地轉起圈來。

轉眼間身後這個人已經到了貝殼人跟前，將他的兩手綁在背後，用尿布包狠狠地砸向他的脖頸，致使他栽倒在地，待在那兒一動不動。於是他哢嚓哢嚓地嚼著蘋果，揮舞著手中的尿布包離去。

就在這個被擊倒的人用痙攣般的拳頭攥著鳥籠，朝著那人的背影匍匐追去時，又有一個漫遊者登場，頭上頂著一截被雨水沖刷得光溜溜的樹幹，樹根朝上；他環顧四周後放下樹幹，一屁股坐在上面，樹根朝下全當凳腿用。

他攤開一張地圖。這時，幾個扮作士兵的人突然衝進場地，追逐了一陣子，人變得越來越少，然後從相同的方向又追逐過去，最終原地僅僅只剩下一個，變成了一個逃犯，上氣不接下氣，腦袋前後晃動。隨即他出人意料地張開雙臂，彷彿到達了目的地，悠閒地繞著同一地方轉了一圈，然後湊到這個坐在樹墩上的人跟前，舉起手來，就像是在接受兩小隊人馬夾道歡迎似的：一隊拉著一頂貝都因[2]式帳篷，另一隊推著一輛平板車，車上放著一個破裂成許多塊的紀念碑；這個漫遊者此時脫下鞋子，從裡面倒出碎石和沙子，並讓它們透過指縫漏下去。

在這期間，一個孕婦裝扮的女人再次登場，推著一輛裝滿東西的超市購物車，現在由一個男子陪伴，這兩人在燈光下慢慢停住腳步，盡其所能如膠似漆地擁抱在一起——女人同時還將車子在原地推來推去。

然後兩人繼續走去，女人此刻頭頂一只用白布蓋著的籃子，男子推著車子跟在她身後保持距離。這時，又有一個人昂首闊步穿過場地，伸開的雙臂上捧著一個建築模型：這次不是那個微縮的空空如也的場地，而是一座一人多高的傳統迷宮，這個行走的人邊走邊試圖描繪這迷宮。

就在他這樣比比畫畫地舞動著退去時，下一個人登場了，又是一個扛著一卷地毯或狹長地毯的人。可是那地毯此刻對角攤開鋪在場地上，形成了一條田間小路，連同土黃色的車輪印和中央一條草帶；這兩個先來的人不假思索地上前去幫忙，將小路盡頭踩踏實後才又坐到自己的位置上。這個扛地毯的人幹完活後在路邊盤腿坐了下來，與另外那兩個人隔開距離。作為第一批過路客，亞伯拉罕和以撒已經走過去，父親跟在兒子一步開外的身後，一隻手搭在兒子肩頭上推著他前行，另一隻手握著祭刀藏在背後；[3]後面跟著一對身份不明的夫婦，忽然搖身一變成了國王和王后；跟著的那個「年老的放高利貸者」，片刻間又變成了一個蹦蹦跳跳的舞者；跟著那個《正午》中的英雄[4]，走著走著停住腳步，變成了一個拄著拐杖的行者、打響指的人、敲著節拍的人、空中揮舞的指揮家、搖頭晃腦的人，繼而又出人意料地變成了一個心態平和的寫作者，憑著那個從腋窩下抽出的記事本，然後又變成了一個魔術師，將記事本塞回去，用魔法從水晶中變出一個圓球來，它瞬間將全場的燈光都束在一起；與此同時，又是他自己，隨著紙袋一聲清脆的爆裂，它又失去了魔力。

［停頓。

場地上燈光明亮，依然是那些人物，或坐在樹樁上，或坐在路邊。

這時，場地四周響起一種像是魚兒翻滾時發出的劈啪聲，一陣巨大的嗡嗡聲響徹上空，像是夏日的蜂群在飛來飛去。

一個人慌慌張張迫不及待的樣子，拎著一只公司代理的箱子，闖入那塊空地上，突然又平靜下來，悠閒地走到一側，走到那個坐在路邊的人跟前，坐在他的旁邊。

以撒安然無恙地返回來，亞伯拉罕兩手空空地跟在後面，顯得疲憊不堪。

他們先後坐下歇息，父親將頭埋在兒子懷裡。這時，又有一群孩子穿過，看不見他們的影子，卻可以聽到接連不斷的呼喊。

一個人跪著靠近，然後一躍而起，拍掉身上的塵土，隨便就站在什麼地方。

[3] 亞伯拉罕和以撒都是《聖經》中的人物，以撒是亞伯拉罕的獨子，亞伯拉罕受指示準備獻祭以撒，在最後時刻被阻止。

[4] 指美國經典西部片《正午》(High Noon，1952) 中與匪徒決鬥的主人公。

又有一個人扮作場地小丑躡手躡腳地走過來，挨個兒自下而上地打量著場上每個人，隨後又踮起腳跟退回後場。在這期間，一個「書呆子」裝扮的人登場，不斷用手往攤開的書本里搧著光線，就這樣在場上走來走去。一個人沿著第二條道蹦蹦跳跳地走進來，彷彿踩在從河中淺灘突出的石頭上，此刻在河岸上停住腳步，扭頭張望。沿著第三條道又走來一對舔著冰淇淋的老年夫婦。

片刻間，場上不再有人走動，每個人都停住腳步，同時都停止活動，站著，坐著，臥著；隨後登場的也莫不如此：兩個像摔跤手的人彼此盯著對方兜圈子，尋找機會要撂倒對方，突然又平靜地走開了；一個人以勝利者的姿態高舉雙臂登場，但立刻又把胳膊垂下去；一個人跑步進來，胸前別著一個號碼，待站定後號碼隨即從他身上脫落了；一名女子剛邁入燈光下時像是起死回生的幽靈，繼而成了翻跟斗的女子，然後成了人群中一個不再引人注意的身影；一個人肩頭和帽子上落滿了雪，幾乎已經走過去時才停住腳步，並且堅定地拐向場地中央，此時他摘下帽子，抖去積雪，腳步越來越輕，步子也越來越小。

最後還有一個身著藍色學徒工裝的身影踉踉蹌蹌地走到場上，正忙著讓一個車輪滾過去——或者那不是一個圓形花窗嗎？上面鑲著沙特爾的藍色彩繪玻璃，光線照在裡面又折射出五彩繽紛的景象——，半路上又跟那玩意兒一起掉頭，已經空著手走回來，在其他人那裡尋找自己的位置，當然找了又找，結果未能如願以償——，越是找不到位置，他就越顯得慌亂，最終那個化名場地主管或主人的場地小丑斷然給他在場上什麼地方指定了一個位置（向來還沒有一個人如此找不到自己的位子），隨之那個幫助他的人摘掉面具，成為與所有別的人中間地帶的「我不知道我是誰」。

［停頓。

場地上依舊燈光明亮，那些主人公都依然悉數在場，或保持距離，或彼此緊緊地挨在一起，有躺著的，也有站著的，有蹲著的，也有正襟危坐的。

場地上又迴盪著轟鳴或呼嘯聲，接著是對角向後面持續不斷的咋舌聲，像是湖面結冰時發出的響聲，接著是遠處蟋蟀單調的唧唧聲，之後一片寧靜。

接下來的情形交織了好久：他們個個都嚇了一跳，同時顫慄不停，一陣又一陣，然後是驚醒，再就是猛地一動。

一個搧著自己的耳光。

一個邀請一個女子坐到自己腿上，她即刻就坐在男子身上。

一個把自己的外套當禮服用。

一個給另一個擦鞋，一個男子靠在一個女子身上尋求支撐，一個憤怒地在地上抓來抓去。

一個看樣子像等候的人有了一個共同等候者，第三個也湊了過來，扮演著這兩個人的等待。

一對男女將手放在對方的生殖器上。

一個剪去自己額前一縷頭髮，一個在行走時撕碎了胸前的衣襟，一個跺著腳磕掉沾在鞋上的狗屎，一個女的向另一個扔去一把鑰匙，接鑰匙的人向前蹦了一步。

一個走過時拉扯著另一個。

一個趴在地上，將一隻耳朵貼近地面，然後換作另一隻。

一個看樣子要放棄等候，正要走向一邊時，卻被另一個弄回自己的位置。

一個在尋找什麼，先是彎著腰，然後趴在地上；一個和他一起尋找，如出一轍；第三個加入其中，礙手礙腳的；別的什麼地方也有一個人自個兒開始尋找起來。其間第一個找尋者找到這樣或那樣的東西，舉在燈光下仔細查看，發現那根本不是自己想要找的；其中一個共同找尋者重新找到了本以為早已丟失的東西，對著它又是親吻，又是愛不釋手。

一個用軍用水壺向躺在地上的另一個人額頭澆水。

一個扮作培爾．金特[5]的人在台上走來走去，剝著他的洋蔥。

場上這些人越來越多地相互打量著，不，是相互觀望著：這個突然大發雷霆、大吵大嚷、狂奔肇事的人卻因為這純粹的觀望而平靜下來了，而那個突然放聲哭泣的女子和那個悲戚地吹口哨的男子也同樣如此；只要你每次觀望，同時也是接近。

同樣的情形也是，大家索性都待在這裡，有人用眼睛觀察，有人用耳朵傾聽，他們就這樣相互觀望著，又分別轉換成對方，如此穿過整個廣闊的場地。

一個帶著識別記號，先是鮮花，然後是圖書，再就是照片，穿過這一個個隊列：一個接著一個搖頭，驚呆，接著才是真的搖頭，終於出人意料地出現了無聲的肯定和笨手笨腳的擁抱。

同樣如此，兩個共同繼續尋找的人把腦袋撞在一起，一個從地上稍稍地掀起另一個，跟這個喘著氣的人一起喘著氣打轉轉，對方也在不停地急促喘息。一個女子撫摸著一個男子，她同時向他做出鬼臉。

[5] 易卜生劇作《培爾．金特》(Peer Gynt)中的主人公。

他們再次悉數在場，眼睛瞇得越來越小。烏鴉的嘶鳴和犬吠，同時還夾雜著隆隆的雷聲。狂風大作，在場地高高的上方，一陣雷聲和嘩啦聲，而下面的人卻紋絲不動。接著在這情景周圍，響起一片紛繁嘈雜的號泣與悲鳴，這兒出自一個孩子，那兒出自一頭大象，再遠傳來的就是一頭豬、一條狗、一頭犀牛、一頭公牛、一頭驢、一條鯨魚、一條蜥蜴、一隻貓咪、一隻刺蝟、一個烏龜、一條蚯蚓、一隻老虎、一條蟒蛇發出的聲音。

然後出現的無非就是它們各種各樣的顏色：有衣裳，有頭髮，還有眼睛。

一個此間觀望著另一個。

兩個人分別將雙手伸進對方腋窩裡取暖；一個面對這個對他心懷好意的人嚇了一跳，因為他看到的是自己的雙影人；一個出於絕望尋找著那個觀望他的人，並且在找到後能夠扮演對方的狀態；一個盯著每一片緩慢飄落的樹葉，只要葉片落到地上，他都大吃一驚。

所有人用他們的身體在場地中央共同構築起一個露天台階，那個躺在台階最上方的人突然挺起身來，順著台階拾級而下。這時從眾人腳底深處傳來一陣鐘聲，幾乎難以預料，時而細弱，時而圓潤，時而遙遠，時而很近，時而純正，時而扭曲。他們個個一躍而起，將手搭在大腿上，俯身傾聽著這鐘聲，有人心醉神迷，有人面露慍色，有人喜形於色，也有人痛苦不堪。

在這鐘聲中，有兩個身著非洲盛裝的身影在場地後面用篙撐著一只看不見的船划過來，只有上身露在上面，槳板清晰可見。他們停船後不聲不響，使勁地揮動著雙手邀請大家上船。沒有人應邀上船，儘管一股衝動先後猛地吸引著幾乎每一個人，使他們向往那個方向。他們掉頭划去，那些海底深處的鐘聲仍在繼續鳴響。在最後的時刻，那個身著藍色學徒裝的人要衝著他們的背影狂奔而去，但幾乎同時「撲通」一聲栽倒在地，因為有人給他使了絆子。

鐘聲停息，夢境結束。

一個揮手示意，然後又有一個，接著還有一個加入進來，最後全體都揮舞著手臂。

【停頓。】

場地，燈光，一個個輪廓。

一個年事已高的老者眼睛睜得圓圓的，其餘的人也慢慢地轉向他，接近他，從遠處觀望他。

他突然向這一圈人微笑著。

一片寂靜。就這樣，他好像馬上就要開口說話，開始興致勃勃，上下揮舞雙手，舉起指向蒼天的雙臂，快速聳了聳肩膀，左搖右晃著腦袋，無聲無息地演練起雙唇，微微隆起鼻翼，向上拱起眉毛，其間甚至擰起腰扭起胯，這樣來勾勒出自己演說的過程。

就連那些站在最遠處的人也注意到了。

那些觀望者中有人好像事先揣透了他要說的話，連連點頭，並跟著他一起拼讀，此時他已經哼唱起來，可以說剛一哼起來，便一而再再而三地重覆著，而且採用各種不同的音高。

他突然停止哼唱了，好像終於要開口說話了，可是他依然一聲不吭，不知道說什麼是好，就這樣在眾目睽睽之下。一個女子走近他，手里捧著一捆繒褓權當新生兒，將它放到他那伸展的雙臂上，而老人低頭看著眼前，抬頭仰望天空，突然歡呼雀躍，沒有說一句話，只是結結巴巴，高聲哼唱。

那些觀望者中有人又點著頭，彷彿每聽到一個句子都要點一下頭似的；有幾個已經起身，點著頭從他身旁走過去。當然，只有場地中心這個老者拍起手來，這樣才能形成一個共同的隊列，繞著場地一大圈，一次又一次，他又發出幾聲支離破碎的歡呼，隨後也懷抱嬰兒融入開拔離場的隊伍當中。這期間，從繒褓里傳來一陣持續不斷的嘰嘰喳喳聲，越來越強烈，像是來自一個被遺棄的鳥巢，隨之周圍再次響起的呼嘯也加入到這個聲音之中；此前一個同樣的老嫗還給這個老者按摩了太陽穴，好像為了使他思維敏捷。

接下來一切都進行得很快：就在那個離別時再次漫步穿過田間小路的熱帶稀樹草原之後，這條路就被卷起來了；那個樹樁也在大家走過時的手推和腳踹之下滾到台後去了；那個回頭張望的人走到場邊時再次躊躇不決，被身後那個一腳踹在屁股上，這樣催著他繼續走去；那個伸手去抓落下來的葉片時，也是在奔跑中完成的；那個彷彿被腳鐐絆住的人越發快速地衝向前去。

當他們向四面八方散去時，場面就變得清晰可見了：有人退去時憤怒失望，伸著舌頭，吐著唾沫；有人又高興又失望，聳聳肩無可奈何；有些人以為擺脫了夢境而更加顯得輕鬆，另一些人則依然深陷其中而不能自拔；有人嚎啕大哭，有人哈哈大笑；有人在離別之際親吻地面；有人出發之前給自己在空中勾勒出路線，酷似比賽前的障礙滑雪運動員；有人中規中矩地在場上助跑；有人手指叉開，好像蓄勢待發的舉重運動員，隨即已經攜帶著自己的全部家當溜之大吉了；同樣清晰可見的還有每一個各奔東西的人，隨風飄舞的夏裝，被什麼東西吹拂，一片碎紙，一個塑料袋和一團煤煙粉塵——在此期間，難以確定，在場地那邊，從許多別的場地，傳來一陣燃放煙火的響聲，匯聚成和弦，又逐漸消逝。

［停頓。］

明亮而空空如也的場地，沐浴在它回憶的光芒里。片刻間有蝴蝶（或是夜蛾）在飛舞。一包捆得嚴嚴實實的不知什麼東西飄進來，上面繫著一副微型降落傘。緊跟著它，又是一個扮作場地清潔工的場地守護員，一手拉著一輛小車，上面一堆金屬工具叮零噹啷響，旁邊是一只垃圾桶；另一隻手裡拿著一把枝條掃帚，時而將地面上那些東西推向前去（也包括微型降落傘），時而將掃帚顛倒過來，用帚尖的一端叉起雜物塞到垃圾桶里：幾個水果——一顆碩大的草莓——，一隻死鳥的腐屍、一本閒雜書和一個魚頭；離場時，他暫時停住腳步，用掃帚清潔自己的鞋面。

在這期間，前場已經又有一個美人穿過場地，穿過這條漫長的路程時，她始終保持內向的微笑，即使她在行進中要整好那錯位的長筒襪時也是如此；在後場，又有一個人扛著梯子穿過，那樣輕盈，以至於這人身後那個東西幾乎相形見絀；場地中央有一個像是醉鬼或者傷員的人，跌跌撞撞地走著自己的路，長長的鞋帶拉在地上；一個人又捧著一本打開的書在場上兜圈子，而他身旁有一個人走過來，一起讀起來，然後給他翻著書頁，別的什麼地方有幾個人穿過，高舉的鐵棍上挑著一個剛剛點著的稻草人，彷彿在焚燒某人的模擬像。

大白天裡一聲梟鳴；一個在行進中默默哭泣的人，然後變成嗚咽啜泣的人，捶胸頓足；一個被壓得喘不過氣的人，然後又不停地給自己添加物品，接著面帶解脫的微笑走開了；一個兩腿間夾著一根樹枝的人上上下下；一個端著一個橋樑模型穿越場地，將它與場地進行比較；死神坐在一頂轎子里被人從場上抬過去；獵人運送著裝在玻璃瓶里的「白雪公主的心」；那個穿著皮靴的雄貓趾高氣揚地走過去；燒焦的紙片從天上飄下來；一個女子帶著衣物從洗衣店裡出來，衣物罩在一塊塑料布下；穿著膠靴的牧人們回家來；一個行人捧著一株向日葵；一個女子在穿過場地時將自己的鑰匙串高高拋起扔出去；那個美人手執一根榛樹杖；一陣呼哧呼哧的喘氣聲，緊接著一個身材異常矮小的運動員跑過去；一扇飾以花環的大門被運過去；一個將軍穿著童鞋走向前去；一個人手裡拿著一張星座圖；一個人鼻梁上架著一塊折疊起來的紙板；場地主人或守護員又推著小車走來，車上場地小丑正襟危坐，掃帚和鐵鍬充當權杖；一個人頭上頂著皮筏；一個人被蒙著雙眼押赴刑場；一個女子手裡捧著一張大菜單轉來轉去；一個逃難家庭，從一個購物袋裡露出一個小孩的腦袋；那個圖謀騙取遺產的女子陪伴在其有遺產的姑母左右；一個一瘸一拐的男子牽著一條一瘸一拐的狗；一個戲劇節演出團穿著寬大的晚服，昂首挺胸地為自己開出一條道來；一個興高采烈的跑步者在蹦蹦跳跳地跑動；一個在穿過場地時使手裡的紙牌呈扇狀的玩牌人；兩個人在行進中飛快地交換著什麼；一輛兩側有圍欄的小車被人從場上拉過，車上滿載面具和玩具娃娃；一行人集體下車後四散奔走，每個人朝著自己的目標快速穿越場地；那個沈默寡言的美人在穿越場地時變得開朗了；一個男孩幫一個老者吹滅了蠟燭；那個燈塔守護者從場上巡視而過；一個巡防隊員腰間的手銬和警棍晃來晃去；一位漫遊者踩過厚厚的落葉，發出清脆的聲響；祖父拿著一條纏繞在棍叉上的蛇；那個葡萄牙女子出現在台上；那個來自馬賽的姑娘抵臨港口碼頭；那個來自赫茲利亞的猶太女子將防毒面具扔進小巷里；那個蒙古女子帶著自己的鷹闊步穿過；那個托萊多的守護女聖徒身後拖著一張獅皮。

大家終於開始不停地縱橫穿梭——其中又有一個人短暫地扮作服務生，把煙灰缸倒在場地上；一個女子端著香檳酒杯托盤，從一條小巷悠閒地走進另一條；又有一個人短暫地冒出來充當悠閒的商人或天氣預報員，仰望天空；卓別林的身影隱隱約約從場上漫遊而過——，來來往往穿過舞台，隨著時間的推移，人人都不再是純粹的行走者，走在路上，擺動雙臂，扮演著這樣那樣的行走姿態（其中一個跑步者的氣喘籲籲道出了自己的奔跑節奏，向前伸開的手裡握著一具泥塑兒童雕像）；片刻間，看樣子，彷彿所有行走者同時都在被車拉著行駛一樣。

此時此刻，台下第一個觀眾從座位上起身，加入到這個遊行隊伍當中，他在場上瞎轉了一陣兒，猶如足球場上 的一條狗或一隻兔子，之後便逃之夭夭。

此時此刻，第二個觀眾躍上舞台，試著一起跟著走，但很快被兩個女子擋住了去路，因為當其他人可以靈巧地躲開時，她倆卻抬著一根上面掛滿衣物的金屬桿穿過場地；一動不動地站在那里。

轉眼間第三個觀眾也出現在這片高地上，他立刻融入其中，並且隨著這個川流不息的隊列扭來擺去，十分自然。

來來往往，往往來來。隨後場地變得昏暗了。

（1992年）

一文本

一

唐捐：蓼蟲集

黃以曦：滿月的海邊

田品回：這裏的電亮那裡的光

張曉雄：山居隨筆

蓼蟲集／唐捐

蓼蟲事業無餘習，芻狗文章不更陳。
几自憐吾喪我，倨堂誰覺似非人。
難堪藏室稱中士，秖合箕山作外臣。
尚有少緣灰未死，欲持新句惱比鄰。——王安石〈蓼蟲〉

一世之傷

我渴望擁有一年幽靜的時光
看草葉在蟲鳴裡萌發
且變黃。字在篋中慢慢繁殖
我的沉思不被人事打斷
在童年的木桌前，寫出最後
的書。啊，我因此必須
收拾包袱，暫別愛我的學子
回到濱湖的山村
品味豐隆的一世之傷
看黑鳶掠過水面，攫起
肥魚二三，張翼凌日盤旋
啊，那時我將延著湖，細數
白樺上的蟬蛻，懷想長長
的一生，走出盆地以後
都幹過什麼正經，或不正經
的事。嗯，世界是一座
圖書館，我是熱心的借閱者
在華美的秋光裡，假如我
擁有騷動的湖，閒靜和健康
我將還給世界十九本書——
啊，這是我的，最後的渴望

遲來詩話

在這麼晚的年代裡
寫詩，我有一種
在廢棄的遊樂園逡巡
的憂傷，頹廢，恐怖
千百隻手在爭奪著我
這些意象與情感
哎，早已被說了又說
我像一頭盲目的牛
每日按時耕作
卻感覺萬斛金黃的稻穀
盡是別人的收穫
在這麼晚的年代裡
寫詩，像一個搶到百億
偽鈔的匪徒，得意馳過
漫長遼闊的西部公路
乃隱於海邊小鎮

苦等不到誰來將我逮捕
啊，我和我泡沫事業
將盛極一時。但將
不會有人說我
幹過什麼新鮮事——
那麼年輕，就成為老朽
那麼機智，卻顯得無知
那麼華美，終歸於虛無
在這麼晚的年代裡
寫詩，前衛也是陳腐
艱難的技術在神的
面前，只是一場猴戲
秋天，冬天，春天，夏
天，秋天，冬天，春天
花會凋零，而梗
不會留下來

療癒系

身為療癒系詩人
我惜肉如金
若非心的水壩蓄滿，狂情欲抒
何苦在熙熙攘攘的網路上，裸胸露股
明明能寫含蓄的好詩
但為你
啊，重傷的你
我放棄十七年的矜持

打開第一顆鈕扣，我雙淚垂
登上鼓噪的舞臺，我笑微微
哎，舉世無人不愛肉
誰識得百官之富，車騎雍容，衣冠之美
如果我的沉淪
能夠提拔你的心

請讓我，噢，讓我為你，解開最後的鈕扣
鬣死肉死液死榦死，有不死者化而為石
　去矣玉珮沉入蛙鳴的小池
　　來者誰將摩挲我的詩

世界，你住口！

世界，你住口！
別以迭代的星辰
春花，秋月，夏虫
繞著藐然一水
洄游不已的金魚
枝上鳥，窗前草，枕邊書
一個婀娜的男子或女子
向我，啟迪著什麼
噢，世界，請閉上你的
天籟，地籟，人籟
讓我靜一會兒
別叨叨絮絮地展示
繽紛的愛與美
老調子，老調子，老調子
我已聽得太多
就連一陣風
也蘊藏著真理

但這，有什麼好說
因為美的，終將過去
我聽得越著迷
只會越失落
啊，世界，你動手吧
假如愛你終將
被你遺棄。那麼
來吧（花是美麗的
廢話）來吧（愛是
你布下的餌）
來收拾我

有人的地方就有

有人的地方就有不快樂的樹
顫危危，掂著果實——
噢，那是牠晚近痛苦與歡快的總和
像我（一個有病的詩人）
用心寫下的詩。詩裡有夢
和使夢崩潰的惡魔、天使、惡魔、天使
惡魔、天使、惡魔、天使、惡魔、天使
有人的地方就有哲學、性愛與戰鬥
（含內戰，外戰，惡鬥，善鬥及其混合模式）
有人就有斧頭和書，這兩者居然
提出共同要求，啊，叫我傷害樹
有些樹死有餘辜，但多半死不瞑目
今天下午，我靠著一棵樹
清楚聽到牠大聲說：我靠
有人的地方就有不快樂的事

甲蟲之死

回去吧，詩人
你看不到我的表情
即使你耗費一整個下午
在樹蔭下羅織眼睛
你不會知道堅忍的盔甲裡
一顆 0.001 盎斯，敏感的心
五到七種全腐、半腐的臟器
滿溢的痛感經驗。死魂靈
我烏亮的外表
不會洩漏一點心情
噢。吶喊。並非我所能
我擁護樹，樹擁護雲
落葉無力掩蓋大地的虛無
你用筆。細細勾勒
那麼虔敬地讚歎我的美
我的寧謦。我精緻的造型
但我還在時。我就不在了
噢，詩是徒勞的福馬林

白蟻劫

我總是聽到一種神祕的共鳴
從壁裡傳來，當我枯坐燈下
假裝是在體認痙攣的天地
之心。冥冥如咒，幽幽含情
啊，那是白蟻在嚙啃我的
甜蜜家屋，像哲人，一點
一滴，試著打通這顆執拗的
行星。猶記得兩個月前
當我造訪堆滿名著之祕境
初見她們湧現於我的罪與罰
卡拉馬助夫兄弟們。天真無邪
如樂園裡盡情嬉鬧的孩童
（主觀之詩人不必多閱世）
是夜，我法喜盈滿，但有種
梁木其壞的哀傷。我的夫人
授我毒液一罐，說白蟻與汝
豈能兩存於天（花板）地（板）
之間。想起年少以來

從舊書攤搬回來的祕笈就要
逐一銷毀於牠們的口器而我
竟還沒讀完。我不免生出
一種被閹割的羞辱和恐慌
殺意暫起，像花果山十三太保
從南天門一路砍到蓬萊東路
噢，我和我沾滿血腥的雙手
白衣女王和她死難的兒孫
那麼純潔，那麼肥美而淒慘
我乘著星夜，忍痛拋棄一箱
中毒的鸞書。蟻屍如字
遍布於天然古佛與月華老人的
法語之間，恍若白陽末劫
的啟示。是夜枕下有洞，洞中
盡是白衣女子婀娜的體態
妖嬈的歌，迷人的新詩與舊情
如懈慢界。我來，我寫，我淫蕩
我殺戮，我虛無，我嗒然若喪

我沉淪……。今夜一燈如我
微燙的心，帶著悔傷悠悠運轉
壁裡又傳來白衣國女子令人
心碎的歌聲。我的毒液已盡
殺意暫平，微有一種荒淫到底
的志意，誓與她們分頭並進
來吧，來毀滅這些好看的圖書
這美麗的家庭，這可愛的老行星
看誰置之死地，看誰劫後餘生

這裡的電亮那裡的光

田品回

還沒穿越觀看的焦距與言說的嘴形　就還沒穿越
國界
還沒停止憑弔的淚　就還沒停止一個時代

今日的民主也鎮壓不了昨日的痛
取下眼罩　獵鷹就準備攻擊
窗外暫時沒有坦克
步伐已然散落

可以笑破了眼淚
可惜傷痛無法抵銷
土地無法搬遷

СРОЧНОЕ ФОТО
СКАНЕР
ИНТЕРНЕТ

我們十一月才開學

我們十一月才開學　而現在
棉花盛開　陽光很燙
田地上有破碎的白雲
必須動手
撿拾摘取拼湊
他們說　是很好很好的勞動

我們十一月才開學
我想去鹹海看船
陸地包圍陸地　湖就是海
水到了另一端
船隻停在沙漠上

老師在田裡說快要快要開始上課了
但雲也是燙的　和土地一樣讓人跳腳
還沒摸到白色的金子
彎腫的手指已經一遍遍燙傷

我知道　還沒開學
棉花不會自己落下

全球化

創建一個新詞
用此刻的符徵抵達未來的符旨
未來的福祉像這裡的電
這裡的電亮那裡的光
這裡的水澆那裡的花
這裡的魚飽那裡的胃
那裡的火荒這裡的原
這裡的子宮養那裡的孩子
這裡的福祉像這裡的電
這麼虛耗
那裡的未來像那裡的光
那麼閃亮

牆和聖地

哭牆邊哀淒的以色列人
搖擺祝禱著　築起比神殿更難崩毀的
圍牆，八呎厚水泥
（難道不能只吃鷹嘴豆泥？）

難民推擠難民流向難民創造難民
巴勒斯坦人掉淚。

國族凌越宗教—偽中性的
國境是虛線—模糊的感覺
禁止進入耶穌誕生的伯利恆—以色列人
聖地需持耶路撒冷通行證—巴勒斯坦人
我卻能走過荷槍實彈的檢查哨—台灣人

手中剛出示的綠皮護照進了佔領區的市集
不被承認的，還鮮活地存在著

مركز وئام الفلسطيني
WIAM
Palestinian Conflict
Resolution Center
Come, See and Act
You Are Welcome to Visit WI'AM Center,
Make Coffee/Tea and Not Walls
Join Us for Coffee & Chat About
Social, Economic, Political & Religious Issues
WARNING

一半

照片把故事說了一半
窗開了一半
裡面躲著別人的記憶

閒置還是廢棄？淘汰還是休息？
船要去哪裡？開進窗戶裡？
離開有個指向
背向故鄉

船走了一半
顯影了一半
哪裡跟哪塊交疊在一起
去海波
去水斑
把地方晾乾

帕米爾高原上的派對

前一台車輪激起的煙霧停在空中
為我們指路
往山裡開
火在荒原　山會捲曲

山稜圍出高原上遊牧民的派對

歌與舞
拔河摔角枕頭仗
抱著嬰兒杵著拐杖
毛氈高帽頭巾和金銀吊飾在沙塵中搖甩
手帕不停揮動趕驅蚊子

零散的攤位　賣西瓜軟糖賣冰棒
小孩舌頭舔著的藍色黃色粉紅色
蒙古包內塑膠墊上葡萄密瓜堅果炸粉團
羊排脂肪羊腸羊肝肉湯配內臟
不覺臃腫

山的顏色像發霉卻絕美
牛在廢鐵邊吃草

聲響與地景
糊成一片感官
無法命名這團印象
帶點腥騷而不精良
偶然闖入
我得到一個吉爾吉斯名字：艾貝貝

臥鋪

過去20小時我和陌生的一家人生活一起
左搖右晃一起
在最便宜的那節火車臥鋪車廂
趴在上鋪貪圖神的視角
幾個娃在中鋪與下鋪間攀爬
泡茶翹腳嗑酸奶球　等到站
更等火車啟動　灌進涼風

氣味比夜空渾亂
鼾聲比行進的火車嘹亮
過道難走　癱垂的腳掌手臂隨車擺盪
八具身體裝進一盆盆栽　一盆盆排滿一節節車廂
盆栽會開出枯枝殘月
開出鳥語花香
盆栽是森林的偽裝

昨晚，我睡在搖動的森林裡
即將抵達

虛構的炊煙山海

虛構的炊煙山海
一疊波動的乳房
上帝款待時空
不計時不算數的夜
都是
春夢的基礎設施

如何基礎怎樣設施
平時視而不見且習以為常
怕的是
公路帶你抵達　卻沒讓你經過
誰都不是誰的基礎設施
即使我像你過境的機場　好像
曾為你照明而今尚待維修的路燈

誰都不是誰的基礎設施
但我願投入建設
千眠百場一夜春夢
氾濫在虛構的山海炊煙之中

湖畔

在此之前．
我沒看過結冰的湖
不會分辨能不能踏過湖面
也沒看過幾乎荒蕪卻還住著幾戶人家的小村莊
與坍圮比鄰而居是否會跟著傾頹？
是風　風中的水　水中的鹽　還是
貧瘠　掏洗掉居民？

不一定是惡意　軟弱也能造成傷害　對吧？
所以我挪移腳步靠近　輕撫
風要割裂我的臉
但我想摸出傷害的質地
觸感細微不同

堅硬銳利的惡意　果然秒瞬見血
軟弱竟是一層水面浮冰
堅實得單薄　塌陷　失溫窒息
都危險
都痛
但不同

遇見你之前
我沒走過結冰的湖

MUSEUM

滿月的海邊

黃以曦

我沒想到會再相遇，沒想到會這麼單純、像是一切只是個被設定合理、甚至過份工整的情節，那樣地，走在路上，看到對方，這樣的相遇。沒有逃脫，無法逃脫，沒有懷疑或假裝懷疑的餘裕，K走到我面前，直直盯著我。

「真巧。」我說。「哇！」她說，聲音裡有空曠。還是沒有？並肩走著，誰也沒問誰意見，我們走進一間小酒館，坐在角落，一人一瓶啤酒。

對比大街的匆忙平淡，酒館散發著魔幻的晃搖；音樂斷續，昏暗的光線無規則地流洩，吧台一角是幾個似乎剛下班的男子，粗魯又親暱開著玩笑。熟悉的場景，氣味也一模一樣，香菸與酒，混著香水、香草、皮革。有人推門進來，鈴聲清脆，帶進斜斜的月光。又或者，月光並非從那裡進來？

我貪婪地大口呼吸，像是僅僅被空氣灌滿，就可以穿越時間，回到那些年，那一年。我們，K和我，面對面坐著，頑皮地搶著對方的酒，她喝得太快，嗆到了，旋即露出醺醉的茫然，我緊張了，她卻大笑了起來。我瞇起眼，微微的色暈，濛濛的霓虹，此刻，她低垂的臉龐也和那時一模一樣。

可這只是錯覺。陌生的城市，陌生的酒館，飄盪的語言、音樂，不曾為了我們而存在。今天之後，也將不屬於我們。我怔怔想了很多，或許太多了。「現在的小酒館和以前的都不一樣了。」她說，並非刺探著什麼，沒有熱情，她只是做了個評論。「完全不一樣。」我說。

「那天早上，我醒來時，妳就不見了耶！」我們的年紀，還適合這樣的語氣嗎？

「為什麼妳不告而別？」合理的追討。可是，我真的不知道嗎？

「所以，這些年妳都去了哪裡？」我真的想知道嗎？

「妳今天，怎麼會在這裡？」我沒問。因為，當然，這只能是為了這個相遇。像命運的牽引、補償、道歉，或只是它做對、做錯、或漫不經心的時刻之一。太久了，就算是渺茫的隨機，也該是重新見上一面的時候了。

她手指跳舞似地敲著吧台的台面，那個節奏，和酒館裡轟然樂聲一點連不起來。她塗了好重的口紅，那個唇間的開開合合，像極了《愛麗絲夢遊仙境》的柴郡貓，似乎訴說什麼，哼唱什麼，整個臉龐、身體都要沒進燈光。我是否太專注於辨識她到底說了什麼，以將那個，和她指尖的敲打，編絞起來？是否因為這樣，我感到有點昏沈？

扣扣扣的聲響，像急促敲門聲，我正在一處潮濕、漫長、只有一點點光線的地窖長廊。

每走一步，後面的燈就又暗了一盞。我只能一直、一直往前走。不明的水，將我的鞋子浸透。天花板滴水下來，為了無法忍受它們躍進地板那無盡水灘所輕濺的水花，那個微弱卻清脆的反射光度，我有或無意識地用自己的身體去接那些滴下的水。分散又密集的水珠，亮晶晶，鑽入千萬纖維，我感覺自己也變得透明。

朝光射來的出口走，按順序敲每一扇門。我的動作很短、很輕，回音灌滿了地窖。每扇門的反響似是無限，可我不可能等它停歇，我往前走，又敲了一扇門，再一扇。我打心底深處不期待有人應門，我未曾也無法想像任一扇門將被啟開。門是否意味著空間的延伸？獲得了新的孔洞，這狹長的幽閉就會有別的形構？而那將意味某種希望？新的希望？

我不是這樣理解這些事的。門是關著的，是因為它們是被關起來的。從某一天起，無論這個瀰漫著濕淋淋老鼠氣味的地方，是線條如何豪華的地底帝國，當所有的門都被關上，所有的房間都脫落，所有過去與未來的載著故事的腔室都兀自關閉地鎖成一個不具有體量的點，這裡，就只是一條很長、很長的走廊而已。我敲著門，像是讓那些聲響作為一種陪伴，像是它們的具體，轉換地確認了我的存在。我仍存在。無論有沒有人看到我從地平線上消失。無論有沒有人仍守候著我的歸途。

「妳為什麼就這樣走了呢？」妳沒有回過頭，妳頓了一下，又或許沒有。中性的扣扣聲讓長廊更絕望一點，但那地方也更堅硬了。我醒來時，妳已離開。妳收好了幾個紙箱，整潔地疊著，上面有紙條寫著「可以丟掉」、「可以丟掉」、「可以送人或看你還要不要——當然，也可以丟掉」。小房子裡多年來困擾我們的糾結、混亂、蔓生，一夕間被裁減、切割，成為新的。

像是賭氣，又像是不可思議，我硬要翻找，卻發現，還真的沒有任何糾葛、沒有灰階、完全沒有妳的物品。甚至沒有嚴格意義而言我們共有的東西。只剩下我的物件，儘管我仍記得我們如何共同擁有、使用它們，妳曾那麼自然地將之看待成自己的延伸、是妳的東西。然而，那畢竟僅僅是我的記得。盯著它們，一點一滴，那上面我以為的我們共同的印記，變得越來越是我強加上去的妳存在過的證明。

前一晚，我做了什麼嗎？發生了什麼？我一點想不起來。我回想著回想無數次的畫面，後來，我懼怕起這樣的回溯，我無法確定什麼是真正發生過的，而什麼又是我在過程中不斷層疊上去的。畫面裡每細節都滿載意義，像預告、像隱喻、像證據、諷刺或與什麼相通的連結點，它們讓妳的離去，得以合理，或至少成為一件能夠理解的事。但理解，沒有幫助我承受。相反地，過份清晰地標註每個細節，於我，並不合理。我不能那樣度過日常哪！妳還記得妳這樣說我嗎？你啊，隨時都像在夢遊，像漂在水上，漂啊漂啊，去了哪裡、看到什麼，都好。妳好氣又好笑地說。

事實是，過份放大特定一格畫面，人會迷失在扭曲的尺度底。我們曾一同度過那麼長的歲月，但後來我再找不回任何一個穩定的段落。妳剛離開時，我拼湊、挖掘散落在所有日子的碎片，為了兜起關於結局的邏輯路徑；接著我再變換地、另外地，解釋、定義

那些碎片，如此就可以勾勒另個邏輯路徑。我就這樣狂亂地碾過一切我所記得的。終於，我累了，或我不再相信這份勞動了，我鬆手，碎片掉了一地，當放棄將它們連綴成某一條線，我也遺忘曾是從哪裡將它們取出。脈絡已然消滅，每張圖景，都是獨立的，也是陌生的。

酒保狐疑地看著我，我嚇了一跳。她向酒保作勢沒事，轉向我，「欸，我跟你說話，都沒回應喔？」她說。「嗯，妳剛說了什麼？」我說。「我說，之前我不是去過H城出差嗎？你記得我跟你說過那裡好有未來城市的氣息嗎？昨天我看電視，果然，那裡已經鋪設好軌道，要開始路面電車的運行呢！」

H城？妳是什麼時候去了那裡？我們還在一起的時候嗎？我一點印象也沒有了？我聽過H城嗎？我是否忘記思考這個部分？妳跟我說話時，我總是心不在焉，是因為這樣妳才對我失望的嗎？

「路面電車？這不是早就有了嗎？」我說，她露出鈴鐺般可愛表情，「真的嗎？哪有啊？」她說。

很久以前，Z城就有路面電車的，它們繞著城市轉時，我們都還沒出生。最後一段路軌要拆除前，我們湊熱鬧地跟著人們去搭上一次。「很有懷舊的感覺。」妳那時說，妳穿了復古味道的小洋裝，要是應景的搭配。我們說，剛蓋好的幽閉環狀捷運，和路面電車比起來，多無趣。但如今，連Z城的捷運也是好久前的事了，怎麼會成為某個……H城的新奇設備呢？但我不捨潑妳冷水。我以前會斷然地和妳爭辯這種小事嗎？此刻，我一點都沒有感覺到那樣的衝動，可我又似乎並不陌生，宇宙中真存在那個模樣的我。

「所以，會不會其實是無人駕駛的汽車呀？但如果是這樣，我現在就想不起來電視上的畫面，而只有小時候那些科幻片裡場景。」她說。「比起回想腦海中的畫面，用道理來回溯，比較靠得住。因為無人駕駛的電車，不僅早就有了，而且有些也被淘汰啦。」我說。

「好啦，路面電車我不清楚。但我其實是要跟你說另一件事，就是我在H城時，不是和對方公司的一名業務吃了長時間的晚餐嗎？記得嗎？西裝很講究，品味一流，長得不算好看，但卻會說話，嘴巴甜，可還是讓人覺得很真誠……的那個人。你記得他嗎？你一定記得的，我出差回來跟你形容他的時候，你為我一直說他好話還賭氣耶！……總之，就是那個人，我們一年前又遇到了。我換了公司，他也換了公司，但後來又是我負責的窗口。」

所以妳是前幾天看電視時想起H城，看到路面電車未來意象，還是這只是為了喚起我對那個地方的印象，以迎接妳接下來要講的半年前與某男人重逢的事？這個開場白，是否多餘得彆扭？畢竟就算我真記得妳描述的城市風情，那也不過是個二手意象，為什麼非要讓我先想那些不可呢？但也許妳只是一貫地，一如以前，那樣迷迷糊糊，把即使只有一點點相關的事，也要混在一起。

「妳負責的……窗口？」我說。我也不知道這有什麼好反問的。這是極尋常的我們之間會有的對話，她跳過了這些年來的空白，仍那麼家常，只是我受了太深的傷，已不可能一下子撤離防備；又也可能，如同已破碎的我的記憶，我的身體，我的話語，早失去了對應的直覺。現在，在這裡，她就在這裡，我加速地要找回對的溫度。

「哈哈好啦，反正就是工作上又遇到，然後這麼開始交往了。可是前幾天，我留了張紙條就離家出走。因為我和他住在一起嘛，給他點時間收拾東西搬家，我就自己跑來這裡，沒想到遇見你。太久不見了。」她就像從開胃菜點餐到甜點，那麼樣地流暢又完整。「好久不見。」我說，感覺到一點暈眩，像是剛才的相遇，重新開始。不，是全新開始。

妳留了什麼紙條呢？也是「可以丟掉」之類的指示嗎，還是一段道別字句？為什麼沒寫給我道別信？還是其實有？我竟然開始回想，當天是否漏找了哪個角落？被單太亂了嗎？妳的信被夾在裡面了嗎？

「沒辦法啊，你說的是對的，那麼會講話的人，果然啊，很難讓行為也追得上漂亮的話語。」她說，「……很難讓行為也追得上漂亮的話語。」我像被催眠地吐出同一句話，我們的話分秒不差地疊合，我的心又甜又酸，她則開心地笑了起來。「嘿，我就知道你記得。」她說。

「那只不過是再普通不過的泛泛說法。」我苦笑。「我知道啦。」她說，「我只是決定放棄那段感情時，想著要是有一天跟你說這件事，你一定會說你早就這麼告訴我。」她還是興高采烈地。「不對，我當時會不以為然地這樣反擊，並不代表我對這件事的診斷是如此的。」我說。

妳為什麼，那時，就這樣走了呢？這和我是個怎樣的人，不會有任何關係對吧？就好像妳今天離開那個人，也只不過因為妳想離開而已。要思考的元素越來越多，一個、再一個的平行宇宙，對話並辯證了起來，我沒有預料到會是這麼訊息超載的忙碌的一天。我幾乎無法好好聽她說話了。

「我應該先問你意見的對不對？你會不會覺得我太衝動了？你一定這麼覺得的。」她說話，像兔子跳舞。「妳為什麼認為我會這麼覺得呢？」我的聲音變得乾澀，但仍筆直地，一字一句說出。我感覺或許有道開口，正在打開，我們將齊同解決一個封存的謎。是啊，告訴我，妳這回出走，和妳對我的拋棄，中間有什麼關係呢？

「為什麼呢？對啊，為什麼呢？……」她吟詠地思索了起來，像是這真是一個太跳躍、太抽象的題目。她看上去並不是裝的，不是要閃躲什麼，沒有被揭發什麼的尷尬，單純是，她既想著為什麼她會做出這樣的判斷，又想著為什麼我要這樣問。是的，我感覺她有點驚訝、為這樣的突兀而慌張了。是的，我感覺她儘管一點沒有動聲色，但她確實覺得那問題是突兀的。但為什麼她會這麼想？

K的手機響了，唱歌，又震動地，我驚慌地看著那個黑色小機器，她露出幾乎是被拯救的歡快。她看了螢幕上的來電顯示，游出幾秒鐘前灰色的氛圍，對我淘氣地、裝出不解與責備的表情，一邊接起電話。「來，不管妳要說什麼，妳這時打來也太奇妙了，妳看看誰在我身旁？」她倏地將電話遞過來，嘴形說著「這、是、B、啊！是、B！」誰是B？我忽略了什麼？我無可推卻地只能接過電話，「喂……。」

「你們喔。我當然知道是你啊！我就是打來跟她說，剛你們遇到的時候，我正在對面啊！我那時在跟人說話，無法立刻衝過去拉住你們。但我還是忍不住尖叫了，你們沒聽到對吧哈哈哈。我這邊忙完了，我這就去找你們……。不，我已經到了！」B知道我。但我是誰？

門被推開了。電話裡和現場聲音重疊了。那就是K說的B吧？模模糊糊地，我有點看不清楚，誇張的表情，誇張的姿勢，我感覺眼中所見是陌生的，像是我不僅從沒見過這個人，甚至不曾看過類似長相或氣質的人；但同一時刻，我又感到一種熟悉，那個熟悉是暖的，是包覆的，因為她在電話中親熟的語氣，因為她那麼明確、甚至是慷慨地，承認、確認了此刻這個世界，確認了K，和我，之某種「曾在一起」或「正在一起」。不論這個「一起」是如何細膩或粗疏的定義。

我們離開吧台，換到三人座的沙發。B大談剛看到我們時，她正在處在的會面，「我真是厭倦了這工作，老得見一些粗魯的傢伙。你們絕對想不到剛才在你們出現以前，我已在路邊整整聽了那個傢伙的抱怨多久。兩小時！整整兩小時。……」沒有敘舊，沒有前情提要，但K興致盎然，一下子深入了B的整個談話。

小酒館沒有新的客人進來，店員也不見蹤影。不知道是否唱盤的設定出了問題，音樂連續播放著，音量卻持續提高，停在正好就要超過我極限的地方。B、K和我，圍著一張小桌子，音樂從酒館另一方漫淹過來，那不只吞噬了B與K間熱切的對話，且讓酒館的昏黃，從吧台後頭，一點、一點染開成濃郁的霓虹。酒館變成了粉紅的光盒子。

我仍掛念著想對K將話說開，追問她，妳為什麼不告而別？為什麼？我只要一個說法，任何說法。我覺得，我早就準備好了，甚至死心了，以致於我沒有害怕也沒有顧忌。無論是什麼結果。但或許我的心死透了，以致於我們那樣消磨了大半個晚上，我仍感到非說什麼不可的情緒。B的加入，讓K與我之間的那個對壘，被延後了。我甚至感覺到即將無限推遲的預告，我甚至感覺B的出現，是那麼不合理，像是她是我編造出來的，以致於此刻我得以喘息、得以假裝我不必更積極一點。我曾等待這一刻這麼久，我曾想了無數次，和K再見上一面，就算只是讓那才是真正的最後一面。……其實，也只是為了真正擁有某個最後一面。

霓虹越來越重，像胭脂粉塵，瀰漫、洶湧、滲透、感染，直到景象裡的任何一處都再也不見輪廓。音樂仍穿透地行進，成為空間裡唯一立體的事物。整個晚上的我感覺到的騷動，好像就此獲得一股支撐的力量，那些住我，停止下墜，停止上升。

Ｂ和Ｋ對眼前的景象未有一點困擾，毫不在乎撥開沾上的霓虹粉塵，熱心於Ｂ公務行程的話題。我打斷她們，我說，我出去抽根菸，「你啊，還是老樣子，這麼悶的人。」Ｂ大聲抱怨。

Ｋ微轉向我，拍拍了我的膝蓋。像對這情境的體諒，又像之於如果真有了任何張力的緩解。那觸感，喚起的並非遙遠的身體的記憶，我想起的不是我們之間曾發生的挨近，不是她的手曾那麼樣無數次無數模樣撫著我；那個瞬間，不關於任何特定的力道、不關於她修長的手指再一次輕拱了起來不自覺地換以關節輕觸我、不關於她頸間獨屬於她的味道終於在這晚第一次征服了酒館裡樣版故事般設定得太完整的套裝氣味。像開關切換，我恍然大悟，這個，是她離開之際，坐在床沿，當我仍熟睡，她曾給我的輕輕的告別。她沒有不告而別。

Ｂ繼續她的話題，像一秒鐘也不曾停過，Ｋ呢，或許她也重新加入了。酒館仍整片霓虹迷霧，但不再那麼嗆人。就像森林裡大量的綠，不曾造成壓迫。此刻的霓虹，也成為了安詳的存在。

我起身。推開小酒館的門。街道被染成金黃，月的光色飽滿卻封閉。那麼，或許我剛才並不曾真在酒館裡看見任一絲流入的月光。那酒館，是個獨立的世界，它不需要分享誰的光，而更遠的皎潔，亦無從動搖或透露給它什麼。

我把拿出在手上的菸盒與打火機，又放進口袋。反手將門拉上，音樂在整堵牆後面，仍放肆地敞著，可我們之間已有了絕對的隔閡。那非關被鎖進密室的隱約，而是那是我記憶的一處。一次我不曾放在心上的尋常約會，那個咖啡廳，那個餐廳，那部電影，那個小酒館，這正是當時流洩的那個我未曾傾聽、也不曾再聽聞的旋律。旋律如雨，將Ｋ浸透了，我或許就抬起眼，記得她水霧模樣的透明。旋律飽漲，是那樣的隔閡，是那樣的暖熱。

我大跨步，金色的道路，陌生的城市，陌生的夜。像是怕被誰叫住、怕被誰追上、或僅僅是害怕這個城被誰反悔地收回，我走得很快。每一踏步，都迸出螢火蟲般光點，一個，再一個。那是些Ｋ和我之間的小事。每個光點都是獨立的，沒有連綴，沒有層疊，不管後來與未來發生了什麼事，它們每個都毫無畏懼地亮著。

月光淡了，景物卻開始變得熟悉。我仍奮力看著。不為了看到什麼，而是要讓我看不到的，也流進這個夜，流進我。終將會有一處，不再有光，我的凝視卻明白清晰。

我坐起身，打開窗，一個沒有月亮的Ｚ城的夜。或許月亮已被我帶到這個夜的彼邊，這個城的彼邊，去交換一個故事。一個我曾身在其中，卻未仔細聆聽的故事。

玉簟漸涼說秋香

張曉雄

紅藕香殘玉簟秋。輕解羅裳，獨上蘭舟。雲中誰寄錦書來，雁字回時，月滿西樓。

花自飄零水自流。一種相思，兩處閒愁。此情無計可消除，纔下眉頭，卻上心頭。

這是李清照南寓之前的作品，離恨別愁也是一派清澈透亮。讀這首《一剪梅》時，常被那多層次的豐富畫面感染，下半闕的兩個「自」字，道出了一種天地有序、無以逆轉的無奈；一、二相對，勾勒出趙、李夫婦的鶼鰈情深、心意相通；下、上相照，詞人幽微婉約的感傷如秋水凝止。

在上半闕中，「雁字回時，月滿西樓」八個字裡，藏著一個時間斷層。在詞人憑欄眺遠，見北雁南歸後，一回神，時光已從白晝到了深夜。在遺失了的時間裡，那落寞孤寂直如秋月冷光氾漫一地。

在易安居士另一首詞《武陵春》中，則道出其絕然不同的心境：

風住塵香花已盡，日晚倦梳頭。物是人非事事休，欲語淚先流。

聞說雙溪春尚好，也擬泛輕舟。只恐雙溪舴艋舟，載不動、許多愁。

南遷之前，李清照的相思尚寄之有著，南遷之後，天人永隔，這易安之號下豈見心之易安！澄澈鮮亮，也都換成了「載不動」的濃郁蒼涼了。

讀易安居士的詞時，秋颱肆虐之後的台北已漸覺秋意。每日晨起，肩頭酸麻難舉，想起了「五十肩」之一說，也突然想到了香殘之後那飽滿甜脆的藕該已上市，一時興起，便往北投傳統市場跑，買了一堆食材，燉煮了一鍋蓮藕魷魚花生雞爪湯。

這道菜的作法其實很簡單：花生泡浸半日後輕洗瀝干、肥厚的土雞爪汆燙去味、蓮藕洗淨切厚片、魷魚用火煨烤後洗淨剪段，加薑數片，一道放入瓦鍋加水大火煮開，再轉小火燉煮二至三小時。我煮湯不喜加鹽，但煮時會加小塊冰糖，湯頭會因此清而甘醇。

蓮藕有補血、滋陰、養胃的作用。花生在《本草綱目拾遺》裡，也有說具「悅脾和胃、潤肺化痰、滋養調氣、清咽止瘧」等功效。雞爪則富膠原蛋白，不僅有益肌膚保養，亦對改善關節的老化有幫助。至於那用火煨烤過的魷魚，香氣撲鼻，吊起了一鍋湯頭的濃郁甘美，飲之香頤甘喉，舒氣潤腸，回味無窮。終究〝鮮〞字，還是離不開海味的。

因著這一鍋蓮藕花生雞腳湯，望著藕色甚濃的湯頭，想到了另一極富中國傳統特點的色系：秋香色。這確是一種不易用文字或言語來解釋的顏色。

在色彩學中，中國有許多特有的顏色讓西人難以體會，如藕色與秋香色。這些色彩與江南的風韻密不可分。如未見過湮水一色下的空濛山景，便難以理解那宛如蜜糖的秋香。同樣的，色澤沉而不黯、深而不晦的藕色，亦潛藏著多少文學的遺韻，不讀古典文學，難瞭箇中滋味。

所謂的秋香色，是秋葉由綠轉黃時的中間過渡色，這種過渡色在水氣甚重的江南水鄉，猶被浸泡在蜜糖般豐潤而捉摸不定。這是一種存在於大自然中極富詩意、而極難摹仿調和的色彩，少一分嫌澀，多一分見俗。曾在玉市中見過一塊老坑冰種的秋香玉戒，其韻味流轉，溫蘊內斂，很讓人著迷。

藕色沉郁，玉簟漸秋。一鍋熱湯，強筋健骨生津暖胃，一掃寒意，讓人活力充沛。至於這眉頭、心頭之事，就且不必千轉百迴了。看著一鍋湯水，想著秋香色，心就飛到了西湖。於是立馬和旅行社聯絡，安排了十月下旬的杭州之行。這兩岸直航真是便捷，中午出發，下午，就已放舟湮水間，浸於秋香色中了。放眼望去，這湖山空濛，浮光耀金，畫屏行舟，游禽逐棹，真真讓人心搖神馳。

後院裡的無花果

清晨的陽光明媚透亮，臨秋的涼風拂人清爽，後院子裡一片喧鬧，十數種知名與不知名的鳥兒低啾淺唱，隔窗望去，卻都因著院角那棵無花果。院角的無花果那滿樹甜美的果實，吸引著無數的嬌客飽食，婉轉嘹亮的啼叫，像是呼朋引伴共享盛宴的奏鳴曲。

後院這棵無花果，已有近三十年的樹齡，這種耐熱耐旱的果樹，幾乎不需照料，因年年都有修剪，所以不至於失控。無花果曾是澳洲城市家庭的後院必栽之樹，家庭日常的水果、果醬、干果，亦多源自後院這一樹之自給自足。這果樹種傳說是義大利、希臘移民帶來一解鄉愁的。近十幾年來，各大城市房地產直線上升，後院已幾乎縮水到容不得半棵果樹了。因此，常將鳥啄下的果實，分給四鄰，或是親朋好友，而他人則會回報以自家的桃李嫁接、苹果、或香橙。

我躡手躡腳地進入院子，部分膽小的鳥兒一哄而散，只有幾只膽大的鸚鵡，歪著頭瞅著我，然後繼續享用枝頭的果實。我輕輕摘下幾棵熟透的果子，乳白的樹液從傷口湧出，粘在手上，澀澀的，粘到衣物，就不好洗了。

我將三、四顆無花果放進剛剛煮沸的水裡，加半公斤不切塊的梅頭肉，拍兩片薑，和一把霸王花干，煮沸後轉小火熬煮四、五小時，就成了鮮甜甘醇的老火例湯。喝在嘴裡，甜在心頭。這湯，連鹽都省了。

小時候在柬埔寨，家裡常煮這湯，那時用的無花果，都是干貨，要麼來自意大利、希腊，要麼來自新疆。這種果干，也常是嗜甜的孩子們的零食。因是泊來品，價格不便宜。至於霸王花，即曇花，則來自兩廣。這種近乎神話的轉瞬即失的美麗，落在兩廣的內廚，則轉化成解暑消熱養肝清肺的恩物。無花果，也有類似的功效，加在一起，「潤」字生焉。

母親的後院有一株甜橙、一株檸檬，右鄰義大利人則有一顆紫色的無花果。後來燕姨逃離了紅色高棉魔爪，母親擔保燕姨來團聚，不想燕姨找房子時，剛好就買下這棟義大利人的房子。不諳英文的母親，終可以隨時得到鄰居的無花果了。而後，燕姨又種了曇花，夏夜裡，常開出十數朵，但因白日上班，夜間早睡，所以常錯過這非凡的美麗。我跟燕姨說，這曇花即霸王花，可以吃的，燕姨總是半信半疑地看著我。

七零年代末在廣州讀大學時，我曾在志珍姨在上下九透天厝的陽臺上，看過她植栽的曇花花棚，見她將鮮花快炒、熬湯，都是那般美味可口，那些來不及吃的，都曬干了存用。

那時，志珍姨常在週末捎信讓我去她家喝湯。在公家副食品商店售貨的她，常將別人不要的食材帶回家，諸如鷄屁股、豬軟骨，等等，隨手一整，即成美味。我記得第一次到她家作客，她端出一整碟蒸鷄屁股。我頓時坐立難安，因為往常即使再餓，也決計不會去碰那玩意兒的。阿姨夾了一陀就往我碗上坐，礙於家教，我硬著頭皮咬了下去。一種難以名狀的臘味香腴充滿口頤，真的非常美味！原來志珍姨在洗淨食材、去除腺體後，用雙蒸酒、生抽、鹽巴、糖、薑腌製，然後大火蒸。這是我唯一敢一吃再吃的「鷄尖」。阿姨是這麼稱鷄屁股的。

志珍姨的煲湯也是一絕，其中就有這味霸王花、無花果煮豬軟骨湯。七零年代末，文革剛結束，物資供應奇缺，食材來之極為不易，可志珍姨巧手之下，一絲不苟的工序，讓那些上不得臺面的東西，都成了美味。

我想起母親說過，嚴厲的外祖母常庭訓少時的舅舅和母親：人可以貧窮，但絕不可卑微！這類庭訓，應該影響不少戰火離亂中漂泊的中國人。漂泊而無靠山的遊子，勤奮之下，多自成這無花之果。

志珍姨，是舅媽的哥哥的舊情人。當年兩個熱血青年從越南回到祖國，參加社會主義新建設，不意精通數國語言的文耀舅舅，59年被打成右派下放勞改，萬般無奈的志珍姨只好留在羊城，在副食商店生鮮肉類檔口當售貨員，一做數十年。節儉的她將故鄉故人的眷戀移轉到了這桌上的美味。

是的，人生不如意事十有八九，最大的不幸，是無法選擇你成長的年代。但無論如何，人可以貧窮落魄，但絕不可卑微無志。這桌上的美好，也就讓人在平實中看到了生活的骨氣。

燒餅油條咸豆漿

這幾日因在國家劇院工作，每天早起匆匆出門，搭近一小時車程到台北。今晨突然想起，國家劇院一角的杭州路上，有間早餐店面。我沒有早餐的習慣，通常只喝一杯咖啡，但對燒餅油條咸豆漿，卻有一種莫名的眷戀，因此讓計程車司机在杭州路口停靠，進了小店，點了我鍾愛的燒餅油條鹹豆漿，美美地吃了起來。

杭州路口這家小店久負盛名，卻其貌不揚。和周邊的環境形成很大的對比是，這一棟近百年的房子，連同鄰近的幾棟，一樣的老舊失修，殘破不堪，卻成了地道風味的醒目招牌，並維繫著附近鄰里幾代人的共同記憶。許多遊客也起個大早，按圖索驥，慕名而來。小店的燒餅撲滿了芝麻，夾上煎蛋，香酥可口。新炸的油條非常鬆脆，沾點醬油，配上豆漿，無可比擬。

我自小不喜甜食，是個怪小孩。在金邊，別人早餐用牛油果醬抹新出爐的法國麵包，我則用醬油胡椒粉替代。所以喝豆漿時，我通常不加糖，而加點榨菜末、蝦皮、蔥花，再淋上一點醬油、麻油和辣椒油。

八零年代初，印度支那戰爭結束不久，國際上面臨極大的難民潮的衝擊，不少西方國家基於人道主義而對投奔怒海、九死一生的印支難民伸出援手，這些難民中不少是世代僑居越、棉、寮的華人。當他們在新環境中安頓下來後，他們以自己的飲食習慣，很快的在主流文化中另闢蹊徑。食品小百貨及亞洲蔬菜也迅速占据市場，就連西方人也深受影響。

我記得當年對母親不屈不撓地嘗試用不同的大豆，浸泡、磨碎、過濾，來調製合乎口味的豆漿一事甚為不解。不明白為何要花那麼大的氣力來做這道不起眼的飲品，大不了就不喝嘛，更何況澳洲有價廉物美的牛奶可以當水喝。但當母親燒糊了不知多少口鍋之後，終於煮出香醇可口的豆漿時，那分觸動今記憶猶存。彷彿兒時記憶的甜美，滋潤著遊子荒蕪時久的心田。

1995年，我應邀到東北的大慶藝校教學，頭一回去，孩子們有些拘謹，到第二回去時，好些孩子都叫我老爸。大早六點開始練功，五時余一群孩子就來敲門，端了一小盆豆漿，一綑油條，還有十來個包子，放我床頭柜上，我以為那是我和他們一塊吃的，「老爸，我們吃過了，這是你的。」孩子們見我無法置信，便又加了一句：「這點還不夠我們一人吃呢！還得加三倆饅頭！」難怪零下四十多度的氣溫下，這幫孩子單衣套上軍大衣，滿院子跑都不覺冷！我油條沾豆漿，吃得一陣心暖，尤其這北大荒黑土地所出產的大豆，有著一種濃郁的豆香。

剛來台北時，就迷上了永和豆漿，及後又發現杭州路上的小店。只是都離住處很遠，又沒早起的習慣，也就不時常想起。倒是去年帶學生到澳洲演出時，怕學生飲食不慣，在家里用精磨的豆粉調製了豆漿。油條不易買到新鮮的，但用烤麵包機烘烤，到是可以恢復些許鬆脆的口感，並去掉多餘的油分。學生吃著，臉上有幸福的感覺。

人的感官功能中，味覺有著驚人的記憶力。對許多移民來說，母語也許會被遺忘，傳統文化也許會隨著時日的久遠而漸漸遺失，但故鄉的滋味，卻緊緊抓住移民及其後代的胃，並透過味蕾，讓人們与久遠的記憶找到聯結點。這是生物性本能的遺存呢？還是潛藏的文化傳統DNA，經由味蕾而得到了進一步的辨識？這就不得而知了！

但無論如何，吃著燒餅油條鹹豆漿，心里總是會洋溢著單純的幸福感。這幸福感，便源自於味蕾的記憶。

典藏

陳冠中：

金都茶餐廳

Kamdu

金都茶餐廳，英文叫 Can Do，正門向美麗都大廈橫門，後門傍仙樂都夜總會（最近一直內部裝修暫停營業），左邊維多利亞時鐘酒店（前伊頓英文補習夜校），右轉角馬會（前皇家賽馬會）場外投注站，拐個彎係重慶森林，行兩步到匯豐銀行，交通四通八達，旺丁旺財，與時並進，大大話話好景幾十年，如無意外，樣樣順風順水，老板阿杜過幾年大可以返東莞鄉下買幢西班牙式洋樓，養隻番狗，（如果發展商唔爛尾）屋前小型人工湖，屋後迷你十八洞高球場，左鄰勞工子弟出身香港現任高官個阿媽，右里來歷不明樟木頭新發財位阿二，行行企企嘆世界聽譚詠麟李克勤鋤大弟食野味睇無線拍蚊過世。

老板阿杜認客、好好口：我兩次叫招牌三寶飯，第三次阿杜見到我第一時間主動講：招牌三寶飯？第四次：招牌三寶？第五次：招牌？我如是餐餐招牌飯。

金都招牌三寶飯：叉燒、燒肉、燒鴨加半邊鹹蛋，送熱檸蜜，賣三十六文。

我叫阿杜做 Ado，心個句係 much ado，皆因 Ado 成日走來走去，坐唔定，好似好忙招呼客，好似好緊湊，其實都係伙記接住做。

Ado 口水多，冇定力，你講東，渠講東，你講西，渠接住講西，完全忘記東。

Ado 好鋤弟，經常無故大叫三聲：發錢寒、發錢寒、我發錢寒呀！

Ado 近日研究玄學，開口埋口食幾多、著幾多，三衰六旺，命中註定，扯天扯地，口水多過茶。

金都有兩樣好處：

一唔趕客；二燒味確係正。其他垃垃雜雜菜式我未有機會試。

唯一礙眼係個紋身黃毛，披住白色伙記制服、打突個胸，霸住客位大模斯樣噴煙打遊戲機，有違觀瞻。

大抵，金都實惠有餘，情調不足，可以接受。我唯有自作多情，開始認定櫃檯收銀個阿姐其實對我有好感。

櫃檯收銀個阿姐，屬死做冇聲型，低頭唔望人，連 Ado 都唔望多眼，成日面黑黑，冇表情，樣貌普通過普通，好難記住，真係難為我要搞情調。

我每次到櫃檯埋單，阿姐睇都唔睇我，就話：「三六文。」

有次我熱檸蜜改凍檸蜜，加五毫。

阿姐睇都唔睇，就話：

「三六文……五毫。」

幾乎報錯數。

我乘機問：「小姐，你貴姓？」好有呂奇風度。

阿姐睇都唔睇我，就話：「我收銀！」

「阿銀姐！」

渠依然睇都唔睇我，面黑黑，冇表情。

從此後我全情投入畀阿銀，晚晚茶餘飯後無起聊來，用我殺死人眼神威脅阿銀。我到櫃檯埋單，就好好口，銀姐前、銀姐後。阿銀面黑黑，冇表情，睇都唔睇我。

我注意到，阿銀唯一同熟客白頭莫點頭，間中有笑容。

Ado 老婆間中有落來金都，阿銀或數錢，或借故行開去廁所，總之動作多多，我肯定阿銀一定同 Ado 有某種特殊關係。Ado 老婆黃口黃面，所謂雖無過、面目可。Ado 見老婆，即低頭收聲。Ado、Ado 老婆、阿銀，三個都面黑黑，冇表情，好明顯心有鬼。

阿銀同 Ado 老婆會唔會突然當眾互摑？

更刺激係：阿銀會唔會向 Ado 投訴我，Ado 會唔會叫紋身黃毛打我？我就反問 Ado 同紋身黃毛一句：「我叫聲銀姐，有冇得罪你先？」

如果阿銀投訴，至多以後唔去金都，可惜係可惜——

不過如果阿銀唔投訴，就表示渠唔討厭我眼神，暗底係接受我。

我靠雙眼食糊。我爸係肥白英國鬼，我媽瘦矮廣東人，我體型似我媽，膚色似發毛朱古力，似係我媽同尼泊爾籍倨伽僱佣兵生，可以想像我從細到大，有幾困擾，好在我雙眼，深而眼球偏藍，係原汁原味英國鬼眼，一睇我樣知係鹹蝦燦。

我爸成世做公務員，跟工務局，成日講屎渠污水渠，講到屎渠污水渠好偉大，好似係英國佬大發慈悲賜畀香港，我恨不得一拳打過去。不過近排淘大花園出沙士渠，我發覺隱性基建都幾重要。

我爸八四年返過英國一次，從此唔提返祖家。幾個月後退休，話走就走，肯定冇返祖家，聽講跑去前羅德西亞。之後我媽臨老改嫁相識幾十年尼泊爾籍啹伽兵，其實係個軍官，九七前憑特殊身份，終於一償所願，移民去到英國本土，住曼徹斯特城郊，同南亞移民做街坊。我已經三十幾歲人，自願做九七後滯港英裔，拒絕認新老爸，憑我雙眼，堅信我有部份白鬼血統。

我九龍何文田英皇佐治五世學堂讀完O Level，廣東話，識聽又識講，不知幾流利，中文就盲字唔識個。我教過伊頓英文補習夜校，踢過甲組流浪隊預備組，入過英文小報星報做記者，玩過輔警（因行為不檢被趕），搞過私家偵探社，撈過搵工跳糟獵頭公司，做過律師行師爺專寫地契（因行為不檢坐刑事），賣過人壽保險，九七前兩年改行做賣樓經紀，魚翅撈飯，同損友開過桌球室，又見北姑源源不絕，搞過包廂卡拉OK夜總會，有恁耐風流、有恁耐折墮，金融風暴加個董建華，蝕到入肉，發誓絕不再做小股東，皆因人多意見多。好彩錢做生意蝕清，所以冇買樓，冇變負資產，輕輕鬆鬆出返來打工，憑我豐富玩車經驗，幫車行賣新車，不過好失禮，今次係賣東亞某新興工業國低價車。

我玩過二手谷巴迷你、二手開蓬Triumph、二手Celica，二手Corvette Stingray，二手寶馬325i，最好景玩到陳年殘廢積架E。

我高中就拖住條曲棍球棍，去蒲飛路體育館掃香港大學女生。

我眼神殺死過唔少無知少女。

試過連續幾年有運行，傍到老細，上遊艇，揀落選港姐。

吳君如，你如果要開拍金雞前傳後傳，記得請我做顧問，我教你唱：不要金、不要銀、只要一條棍。

我都風流快活過。

最近加汽車稅，低價車亦受牽連，無故故，冇得do，我為香港失業統計數字正增長作出貢獻。

我本來晚晚放工去覺士道草地滾球會，餐餐印度咖哩雞飯，然後成晚溜溜長坐酒吧同幾個滯港英國老鬼飲悶酒，我爸係「鬼佬碌野」會員，一直冇辦退會手續，我用我爸名簽單，每月畀五百文基本月費，慳返大筆入會費，認真超值。最近中產變無產，人窮志短，唯有同個會話自已要出國，暫停會籍。

起初餐餐係屋企食公仔麵，有晚對住碗麵，吞唔落，一個人，公仔麵當晚餐，我好難接受，於是落街行，一屁股坐入金都，從此餐餐一碟招牌飯一杯檸蜜坐成晚。

是日也，Ado 返東莞鄉下，阿銀低頭數銀死做冇聲，我心情靚，翻開餐單，圖文並茂，竟然全部有中英對照。金都真係好誇張，要個樣有個樣：

燒味系列、粥粉麵系列、碟頭飯系列、煲仔系列、煲湯系列、炒菜系列、沙姜雞系列、腸粉系列、潮州打冷系列、公仔麵系列、糖水系列、越南湯粉系列、日式拉麵系列、星馬印椰汁咖喱系列、意粉通粉系列；

俄羅斯系列——牛肉絲飯、雞皇飯、羅宋湯；

西餐系列——炸雞髀、焗豬排飯、葡國雞飯、忌廉湯、水果沙律；

西點系列——波蘿油蛋撻法蘭西多腸蛋薯條漢堡熱狗三文治奶茶咖啡鴛鴦；

廚師誠意推薦新菜系列——泰式豬頸肉、美利堅童子雞、秘製金銀蛋鹹魚比薩。

全球化在我金都，金都廚房真 can do。換句話講，簡直畸型，七國恁亂，壞腦，發神經。我寫個服字。

不過餐單上英文算翻得似模似樣，間中走火入魔，牛肉絲飯叫 beef stroganoff，羊腩煲叫 mutton goulash，西多叫 toast a la francaise。問你服未？最出位係雲吞唔叫 wonton，叫 Chinese ravioli。

我側覺白頭莫、紋身黃毛、熟客秦老爺，幾對眼一齊望我。

我自我練習：「喂阿白頭莫呀白頭莫，我叫聲銀姐，有冇得罪你先？」

白頭莫竟然施施然行過來。想警告我？打交？

我盤算如何奪門而出。

白頭莫遞過一張影印紙，我唔望亦唔接：「我唔識中文。」

白頭莫：「金都茶餐廳救亡簽名運動。」

「你知道阿杜破產，金都要封鋪，你係熟客，想請你加入救亡委員會，你都唔想金都就此玩完。」

Ado破產？金都就此玩完？

我唔知，兼唔想知。

白頭莫話我知。

原來Ado用老婆女家錢同何秀雯全副積蓄——原來阿銀叫何秀雯，九四年分期買金都鋪面，隨後地產狂飆，Ado手痕，瞞住老婆同何秀雯再按街鋪去抄樓，玩到豪宅，身家坐直升機，Ado深信自已係超人，轉個身變超級負資產，幾年來全家三口大細老婆日捱夜捱，賣樓、停供樓，死守本業，但係做極唔夠供街鋪，怪唔得Ado老婆同阿銀何秀雯成日黑口黑面對住Ado。

白頭莫一邊講，我心掛掛：

「阿銀會唔會走？」

「就恁玩完，枉我多日來單方面付出眼神，今次食白果。」

「我唔想返屋企食公仔麵。」

「我要晚晚望住阿銀！」

「我不能夠冇金都！」

「No can do！」

「董建華，還我金都！」

發覺阿銀遠遠睇住我同白頭莫。

白頭莫話：阿杜老婆同阿杜離婚保女家私產，阿杜申請破產，金都鋪位、餐牌都歸銀行沒收，封鋪在即。

隨即人齊開第一次熟客大會，先知道：

白頭莫係香港搞搞震運動老祖，後入基督教會女校教書。

白頭莫：「我教過何秀雯，渠係我以前學生。」

秦老爺，全名秦天賜，筆名王品、阿闊、蕭大班，花名白癡，專業係食腦賣橋，做電影宣傳、策劃，幾套經典三級片中文譯名，好似《蜜桃成熟時》、《滾紅滾綠滾到黑》、《住家菜》，都係出自秦老爺手，係對香港文化有貢獻之人。

紋身黃毛叫黃毛，原來係金都食神，草根烹飪奇才，首本戲燒味除外，最拿手抄襲世界各地美食，化貴為廉，改裝成香港口味，加點糖加點油，味道更好，反應快，人又識do，伙記都聽黃毛，所以可以冇規矩霸住客位大模斯樣噴煙打機冇王管。

白頭莫、秦老爺、黃毛之外，出席有：

史文泰醫生，街口開小兒科門市診所，大家跟黃毛叫史醫生做斯文大醫生。

一名西裝友，個樣好憂鬱，自我介紹姓梁，原來全名梁錦松，擁有澳門大學財經文憑，前新中港證券公司股票經紀，炒股失利，近兩年失業在家醫憂鬱症。

靚女露比，直銷拉客路霸，專攻信用卡、手機、長途飛線。

大華，獨家專利維多利亞（及之前仙樂都）代客泊車，油尖旺區民間武裝力量成員。

加上鬼佬——我。非常感謝各位確認我係鬼佬。

第一次會議有個大陸佬熟客，係城中某大學副教授，搞文學文化，廣東話識聽唔識講，第二次冇來，可能唔慣香港人開會粗口爛舌、冇文化。

白頭莫提議熟客靜坐抗議封鋪。

我唯有發揮師爺本色：「唔好衝動，萬事有商量。去同銀行講數。」

人人覺得我好有料到。

散會，秦老爺提議去唱K，黃毛大華舉腳贊成，個個想媾露比。

我施施然走到櫃檯，好好口：「走啦，銀姐。」

何秀雯遞上張卡片：「我間新鋪，得閒來幫襯。」

何秀雯同我講話？簡直受寵若驚。證明我眼神日子有功。

我答：「你要走，銀姐？」

「做埋今日！」

我突然被黃毛大華好熱情攬到實齊齊操出金都。

K場廁所，我睇卡片：

金雯小館 Jin Wen Eatery

港式私房菜 Hong Kong Home Cuisine

上海茂名南路 Mao Ming Road South, Shanghai

卡片背面有餐廳位置圖。

據白頭莫講：Ado 老婆姓金，英文名叫 Candy，三十年前打本 Ado 開金都，Ado 唔聽話，Candy 同何秀雯講和，兩個女人合作，甩 Ado，金都變金雯，Can Do 轉做 Jin Wen，兩女齊齊去上海開港式食肆。

何秀雯要離開金都！阿銀要拋棄我！

第二次會，大家情緒比較低落，對前景相當悲觀，有人話：生意難做。

見唔到阿銀，我亦好失落，口講出個句竟然係：「有得做，如果茶餐廳都死，香港真係玩完。」

眾人覺得我英明神武、有特首風範。

全體一致通過支持黃毛同伙記頂金都。白頭莫話員工當家作主。

白頭莫推我做主席。

一世人第一次要做人阿頭，我死唔肯做，結果：

斯文大醫生眾望所歸當主席；

員工福利兼發言人：社運老祖白頭莫；

產品開發兼電腦維修：食神機聖黃毛；

形象宣傳：橋王秦老爺；

財政：失意炒家梁錦松；

秘書：專業代填表格女路霸露比小姐；

客戶及社團關係：大華及其武裝力量。

我，鬼佬，負責法律、物業及企業事務，去同銀行講數。

白頭莫大叫一聲：各盡所能！

路線方面，金都茶餐廳立場堅定，絕不走高檔，堅決發揚港式茶餐廳文化，誓死與人民站在一起，反對全球化和美式速食文化侵略，打破大財團大地產商壟斷——以上當然都係白頭莫講癈話。

黃毛其實就只係玩得起茶餐廳。

秦老爺提出口號：「金都，口感之都。」結果白癡之聲四起。

那批烏合之眾好興奮、好齊心，可能係因為好得閒 — 白頭莫學校放暑假；經濟唔好，梁錦松失業、病人寧願輪公立醫院唔睇私家醫生、電影減產秦老爺食穀種、滾友戒開房大華打賞自然削、消費弱路霸多過客露比喊得一句句。

大家約法三章：

齊齊出小小本錢，齊齊每個月分錢；

紋身黃毛，身為老板，唔准披住白色伙記制服，打突個胸，霸住客位大模斯樣噴煙打機 — 由鬼佬我提出，全體一致鼓掌通過；

准 Ado 返金都坐，幫人睇相講玄學。

我想冷靜一下，借故走先。行出茶餐廳門，我左度右度，越度越腳軟，自已曾經發誓絕不再做小股東，皆因人多意見多，何況搞餐飲，唔同搞遊行，外面風大雨大，好易玩完。

關係到我幾十歲人過唔過到下半世。我衰唔起。

我有兩個選擇：

剩雞碎吊命錢，賭一鋪買飛機票，去上海搵工兼追阿何秀雯，開辟新天地，can 唔 can do？

剩雞碎吊命錢，賭黃毛一鋪，入金都做小股東，見步行步，摸著石頭過河，死馬當活馬醫，盲拳打死老師傅，天無絕人之路，船到橋頭自然直，男兒當自強，姊姊妹妹站起來，獅子山下，英雄本色，最佳拍檔，半斤八両，東方不敗，風繼續吹，未可真係會咸魚翻生？ — 正門向美麗都大廈橫門，後門傍仙樂都夜總會（最近一直內部裝修暫停營業），左邊維多利亞時鐘酒店（前伊頓英文補習夜校），右轉角馬會（前皇家賽馬會）場外投注站，拐個彎係重慶森林，行兩步到匯豐銀行，交通四通八達，旺丁旺財，與時並進。Do 唔 do 先？

金都茶餐廳（雙語版）

Trans. Shirley Poon and Robert Neather

Kamdu Tea Restaurant, English name Can Do. Front door facing the side door of the Mirador Building; back door beside Xanadu Night Club (recently under interior renovation, business temporarily suspended). On the left is the Victoria Hourly-rated Love Hotel (former Eton English Tutorial Night School); round the right corner is an off-course betting branch of the Jockey Club (former Royal Jockey Club). Turn round the bend and there's Chungking Forest; and HSBC is just a few steps away. The traffic extends in all directions. The area is of exuberant vitality and prosperous wealth, keeping up with the trend. To put it grandiosely, it's been on a roll for several decades. If nothing special happens and everything's plain sailing, boss Ah Du can surely go back to hometown Dongguan a few years later, buy a Spanish-style villa and rear a spaniel. In front of the house will be a small-scale man-made lake (that is, if the developer doesn't drop its bundle half-way). At the back of the house will be an 18-hole mini golf course. Neighbour on the left will be the mother of a current Hong Kong government senior official from a worker's family. Neighbour on the right will be the mistress of a Zhangmutou nouveau riche of unknown origin. He'll loaf around enjoying life listening to songs by Alan Tam and Hacken Lee playing Big Two gorging on game-meat watching channel Jade killing flies to live a life.

Boss Ah Du recognizes his customers, and is eloquent and flattering: I ordered Chef's Choice Triple Treasure Rice twice; the third time Ah Du saw me he took the initiative and said immediately: Chef's Choice Triple Treasure Rice? The fourth time: Chef's Choice Triple Treasure? The fifth time: Chef's Choice? That's why I have Chef's Choice Rice every meal.

Kamdu's Chef's Choice Triple Treasure Rice: BBQ pork, roast pork, roast duck plus salted egg, with free hot lemon honey drink, selling price 36 dollars.

I call Ah Du Ado. In my mind it's Much Ado, because Ado runs back and forth all day and can't sit still — like he's so busy serving the customers, like he's run off his feet. In fact it's the waiters who are busy working non-stop.

Ado's a bigmouth, who's easily distracted. You talk about east, Ado talks about east. You talk about west, Ado will start talking about west, totally

"36 dollars···50 cents."

Almost saying the wrong amount.

I seized the opportunity and asked, "Miss, may I have your name please?" Very much the Clark Gable.

The lady said, without so much as giving me a single glance, "I'm the cashier!"

"Miss Cash!"

Miss Cash still doesn't bother to look at me, her face gloomy, blank.

From then on I give myself totally to Miss Cash. Every night after dinner when I'm left with nothing to do, I use my killing winks to threaten Miss Cash. When I walk to the counter to pay the bill, I'm eloquent and flattering. Miss Cash this, Miss cash that. Miss Cash is still gloomy, blank, and doesn't bother to look at me.

I notice that Miss Cash nods only to frequent customer white-haired Mulder, sometimes smiling.

Ado's wife sometimes comes down to Kamdu. Miss Cash will then count the money, or will find an excuse to go to the toilet. In short, she keeps putting on an act. I'm sure Miss Cash definitely has a kind of special relationship with Ado. Ado's wife has a dull yellow face—nothing wrong with her exactly, just that she looks kind of like the back of a bus. When Ado sees his wife, he immediately lowers his head and shuts his mouth. Ado, Ado's wife, and Miss Cash, all three look gloomy and blank. Obviously there's something funny going on with them.

Will Miss Cash and Ado's wife suddenly slap each other in public?

More excitingly: Will Miss Cash complain to Ado about me, and will Ado order tattooed Hairy Brown to beat me up? Then, I will counter-question Ado and tattooed Hairy Brown: "I say hi to Miss Cash. Could this be offending you?"

If Miss Cash complains, the worst is, I never go to Kamdu again. It would forgetting about east.

Ado loves playing Big Two, and very often he yells three times without reason: Money! Money! I want to be a money-honey!

Recently Ado is into studying metaphysics. He keeps going on about how the amount you eat, the amount you wear, the ups and downs, are all predestined. Rumbling heaven and mumbling earth—there's more blather pouring from his mouth than there is tea in his restaurant.

There are two good things about Kamdu:

First, it doesn't rush its customers.

Second, the roast meat is absolutely awesome.

For other mixed kinds of dishes, I haven't had a chance to try.

The only blot on the landscape is a tattooed Hairy Brown. Sporting a white waiter's uniform, he exposes his chest, occupying customers' seats with a couldn't-care-less attitude puffing on a cigarette and playing video games—an eyesore.

Generally speaking, Kamdu is more than price-right; it's a bit short on romantic atmosphere, but one can't have everything. I can only fantasize, and start telling myself that the cashier lady at the counter is interested in me.

The cashier lady at the counter belongs to the quiet and damn hard-working type. Head down, she doesn't look at anyone, not even casting an eye over Ado. She looks gloomy and blank all day. Her face is more mediocre than mediocre, so very difficult to remember. Such a hard job for me to build up the romantic atmosphere.

Every time I go to the counter and pay the bill, the lady doesn't even glance at me, but just says, "36 dollars".

On one occasion I changed hot lemon honey drink to iced lemon honey drink, which cost 50 cents more.

The lady didn't look at all, but just said,

investigation company, got a job in a jump-job job-hunt company, was a legal executive in a law firm specialized in writing up land leases (jailed for misconduct), and sold life insurance. Two years before '97 I changed my profession to real estate agent, having luxurious shark's-fin soup to eat with rice. I also set up a snooker room with my bad buddies. Then we saw that hookers from the north were turning up incessantly, so we operated a boxed karaoke night club. You have to take the rough with the smooth. The financial crisis together with Tung Chee-wah knocked a huge hole in our fortune. I pledged that I'd never be a minority shareholder, because too many cooks spoil the broth. Luckily every single penny of the business money was lost, so there was no money to buy an asset, so I didn't end up with negative equity. Easy-peasy I re-entered the job market to become a hired man. With my rich experience of fooling around with cars, I helped sell new cars for a car company. What a mighty disgrace though: this time what I sold were low-price cars from a newly industrialised country in East Asia.

I'd fooled around in second-hand Mini Coopers, second-hand Triumph roadsters, second-hand Celicas, second-hand Corvette Stingrays, second-hand BMW 325i's. At the height of things, I'd even got my hands on an old handicapped E-type Jag.

From high school years I'd already grasped my hockey stick, going to Pokfield Road Sports Stadium to hook Hong Kong U girls.

My eyes had killed many innocent young ladies.

I happened to be in good luck for a few consecutive years, sponging on my boss, sailing on yachts, picking up unpicked Miss Hong Kongs.

Sandra Ng, if you're going to make the prequel or the sequel of the film Golden Chicken, remember to hire me as a consultant. I'll teach you to sing: money money money, no more money, it's a stick man's world.

I've had the time of my life.

Recently there's been an increase in car tax. Low-price cars are also tied up. Suddenly without an explanation, I've nothing to do. I've contributed to the positive increase of Hong Kong's unemployment statistics.

be a pity, sure, …

But if Miss Cash doesn't complain, it means she doesn't dislike my winks, implying she accepts me.

I depend on my pair of eyes to hit the jackpot. My dad is a fat white English gweilo, my mum a short thin Guangdonger. My body size is like my mum, skin colour like mouldy chocolate, as if I was born from the union of my mum and a Nepal Gurkha soldier. You can imagine how perplexing it's been since my childhood. Luckily my eyes are deep-set and quite blue, your genuine original English gweilo eyes. At first sight you know I'm mixed.

My dad was a civil servant all his life, working under the Works Bureau. He talked about shit ditches and sewage drains all day, like shit ditches and sewage drains were some big deal, like they were bestowed on Hong Kong by the Great British, for heaven's sake. I'd like to've given him a damn good punch. But recently SARS drains have been found in Amoy Gardens. So I realize that hidden infrastructure is actually of much importance.

My dad went back to England once in '84. From then on he didn't mention about going back. A few months later he retired, gone without saying goodbye—and he definitely didn't go back to his hometown. Heard that he went to Rhodesia.

After that my mum remarried in her twilight years to a Nepal Gurkha she's known for decades. He's actually an army officer. Before '97, with special identity, his wish finally came true and they migrated to England. They live in the suburbs of Manchester, with South Asian immigrants as neighbours. I'm already in my thirties, so I volunteer to be an English detainee of post '97 Hong Kong. I refuse to recognize my new old man. With my pair of eyes, I can well assure you that I got some white gweilo blood in me.

I finished my O Levels in King George V School in Ho Man Tin, Kowloon. I can understand and speak Cantonese well, actually very fluently. But when it comes to Chinese characters, I'm totally illiterate. I taught in Eton English Tutorial Night School, played in the preparatory team of Rangers in Division A soccer, got into a small English newspaper, Star Post, as a reporter, fooled around as an auxiliary policeman (expelled for misconduct), ran a private

Tea-and-Coffee;

Chef's Sincere Recommendation New Dishes Series—Thai Pork Neck, American Baby Chicken, Special Recipe Pizza with Golden-Silver Salted Eggs and Dried Salted Fish.

Globalization here in my Kamdu. Kamdu kitchen really Can Do. In other words, it's simply a freak. Totally chaotic. Wrong in the head. Insane. I take my hat off to Kamdu.

But the English translation on the menu is somewhat presentable—although sometimes it gets totally carried away; like Shredded Beef Rice becomes Beef Stroganoff, Mutton Tenderloin Casserole becomes Mutton Goulash, French Toast becomes Toast A La Francaise. Give in now? The most outstanding is that Wonton is not called Wonton. It's called Chinese Ravioli.

I suddenly realize white-haired Mulder, tattooed Hairy Brown, long-time customer Master Chun—all three have their eyes pinned on me.

I practice it with myself, "Hey white-haired Mulder white-haired Mulder, I just say hi to Miss Cash. I haven't offended you, have I?"

White-haired Mulder unexpectedly walks towards me. To warn me? Or Fight?

I'm figuring out how to get out through the door.

White-haired Mulder hands a photocopy to me. I don't take a look and don't take it, "I don't read Chinese".

White-haired Mulder: "Sign up Campaign for saving Kamdu Tea Restaurant".

"You know Ah Du is bankrupt. Kamdu has to be closed. You're a long-time customer. We want you to take part in the Save Kamdu Committee. You don't want Kamdu to end up like this."

Ado is bankrupt? Kamdu has to end up like this?

I don't know, and don't want to know.

White-haired Mulder's gonna make sure I know.

It turned out that Ado used the money from his wife's family and all the

金都茶餐廳（雙語版）

I used to go to the Bowling Green Club in Cox's Road every night after work, have Indian curry chicken rice every meal, then spend the whole long night sitting in the bar with a few old British buddies held up in Hong Kong drinking spirits to kill boredom. My dad was a member of "Gweilo's Rod" Club, and hadn't applied for termination of membership. I used my dad's name to sign the bill, and every month I just paid 500 dollars basic membership fee. This saved me a packet on the enrollment fee. A real best buy. Recently I've changed from middle-class to no class. Poverty stifles ambition. I could only tell the club that I have to leave the city so have to suspend the membership.

At first I had Doll instant noodles every night at home. One night I looked at the bowl of noodles, and I couldn't eat it. Alone, and having Doll noodles for dinner, is too difficult for me to accept. So I walked down to the street and sat my buttocks straight down in Kamdu. Ever since then, every night I have a plate of Chef's Choice rice and a cup of lemon honey drink and sit there for the whole night.

Today, Ado has gone back to Dongguan, his hometown. Miss Cash, head down, is counting the cash, quiet and damn hard-working. I'm in a good mood, so I turn over the menu. To my surprise, the whole thing's bilingual, in Chinese and English. Kamdu has really pulled the stops out. Anything you want can be found here:

Roast Meat Series, Congee and Noodles Series, Rice-in-a-Plate Series, Casserole Series, Soup-in-a-Pot Series, Shallow-Fry Dishes Series, Shajiang Marinated Chicken Series, Flour Rolls Series, Chaozhou Late-Night Series, Doll Noodles Series, Sweet Soup Series, Vietnam Noodles-in-Soup Series, Japanese Ramen Series, Singapore-Malaysia-Indonesia Coconut Curry Series, Spaghetti and Penne Series,

Russian Series—Shredded Beef Rice, Creamy Chicken Rice, Bortsch;

Western Dishes Series— Deep-fried Chicken Legs, Baked Pork Chop Rice, Portuguese Chicken Rice, Cream Soup, Fruit Salad;

Western Snacks Series—Pineapple Bread with Butter Egg Tart French Toast Sausage and Egg French Fries Hamburger Hot Dog Sandwich Tea Coffee

Association, then he entered a Christian Girl's School to teach.

White-haired Mulder: " I taught Ho Sau-man. She was my student."

Master Chun, full name Chun Tin-chi, pen name Wong Bin, Ah Foot, Taipan Siu, nickname Idiot. He's specialized in using quick-wit to sell ideas, engaging in movie promotion, and plotting. A few classic translations of X-rated adult movies like "When Peaches Ripen", "Lay here Lay there Lay Till Night", and "Home-Made Love" are from the hands of Master Chun—a real contributor to Hong Kong culture.

Tattooed Hairy Brown is actually called Harry Brown. In fact he's the god of food in Kamdu, a culinary genius from the grass-roots. Besides his best dish, roast meat, he is also expert in copying delicious dishes from around the world. He turns expensive dishes into cheap ones, repackaging them for Hong Kong tastes, adding a bit of sugar, adding a bit of oil, to make them taste better. He responds quickly, and he knows how to Do. Waiters all listen to Hairy Brown, so he can ignore manners, occupying customer's seats with a couldn't-care-less attitude puffing on a cigarette and playing video games with no one to control him.

Besides White-haired Mulder, Master Chun, Hairy Brown, those who attend are:

Doctor Clee Man-ter, who operates a pediatric clinic round the street corner. Everybody follows Hairy Brown in calling Doctor Clee Doctor Clement Terrific.

A guy in a suit, looking very depressed. He introduces himself as Mr. Leung. Actually his full name is Leung Kam-chung, possessing a Finance Diploma from Macau University. He was once a stockbroker at New China-Hong Kong Securities. Having lost a fortune playing the stock market, these two years he's been unemployed curing his depression at home.

Beauty Ruby, a road block for direct sales who's good at pulling in the punters. She's specialized in credit cards, mobile phones and long-distance divert calls.

Big Wah, sole provider of valet parking services in Victoria (and former savings of Ho Sau-man—so Miss Cash is called Ho Sau-man—to buy the shop for Kamdu in installments in '94. Then the price of real estate boomed; Ado was itching to grab the opportunity, and re-mortgaged the shop with Ho Sau-man behind his wife's back, to get money for speculating on property. He'd even gone as far as luxury mansions. His total wealth skyrocketed. Ado strongly believed that he was a superman, but in the blink of an eye he became a person of super negative equity. For these few years all three in his family, the concubine and the wife and all, worked hard day and night. They sold the property, stopped the mortgage, and kept firmly to their own business. But their effort did not get them enough to pay the mortgage of the shop. No wonder Ado's wife and Miss Cash Ho Sau-man faced Ado with gloomy faces every day.

When white-haired Mulder speaks, my mind's on something else:

"Will Miss Cash leave?"

"If it ends up like this, all those one-way winks I've made these days'll be in vain. It's fruitless this time."

"I don't wanna go home and eat Doll noodles."

"I have to see Miss Cash every night!"

"I can't live without Kamdu!"

"No Can Do!"

"Tung Chee-wah! Give me back my Kamdu!"

I realize that Miss Cash is looking at white-haired Mulder and me from a distance.

White-haired Mulder says: Ah Du's wife divorces with Ah Du to keep her family's own money. Ah Du applies for bankruptcy. Kamdu's shop and license will be confiscated by the bank. The shop will be closed soon.

Soon afterwards everybody's there to have the first frequent customers meeting. By then I know:

White-haired Mulder was the founder of Hong Kong Fool Around

KAM MAN SIU GUAN / JIN WEN EATERY
HONG KONG HOME CUISINE
MAO MING SOUTH ROAD, SHANGHAI

On the back of the card there is a location map of the restaurant.

According to White-haired Mulder: Ado's wife has a surname Kam, and her English name is Candy. Thirty years ago she pays Ado the capital to open Kamdu. Ado is naughty. Candy and Ho Sau-man make peace. The two women cooperate, and dump Ado. Kamdu becomes Kam Man, Can Do changes to Jin Wen. The two women together go to Shanghai to open a Hong Kong style eatery.

Ho Sau-man leaving Kamdu! Miss Cash dumping me!

In the second meeting, everyone's in a pretty low mood, and feeling quite pessimistic about the future. Someone says: Bad time for business.

Not being able to see Miss Cash, I am also quite low. But what comes out of my mouth is actually: "It's worth doing it. If tea restaurants die out, then Hong Kong can just call it a day".

Everyone thinks that I'm wise and brilliant, and have the demeanour of an SAR chief executive.

Everybody votes straight for Hairy Brown and the waiters to take over Kamdu. White-haired Mulder says let the employees be the masters.

White-haired Mulder nominates me to be the chair.

It would be the first time in my life to be other people's head man, so I categorically refuse. So:

Doctor Clement Terrific does what's expected and becomes the chair;

Employees' welfare and spokesman: Democracy founder, White-haired Mulder;

Product exploration and computer repair: God of Food and Sage of Computers, Hairy Brown;

Xanadu), a member of Yau Tsim Mong People's Armed Force.

And Gweilo—me. Thank you all so much for affirming that I'm a gweilo.

In the first meeting there was a frequent customer who was a mainlander. He was an assistant professor in one of the universities in the city, doing literature and culture. He understood Cantonese but couldn't speak it. He didn't come the second time. Maybe he's not used to the vulgarity and the lack of culture in Hong Kong people's meetings.

White-haired Mulder suggests that frequent customers should have a sit-in protest against the impounding of the shop.

I could only bring into play the true qualities of a legal executive: "Calm down. Everything is negotiable. Let's go and haggle with the bank."

Everyone thinks that I'm seasoned.

The meeting adjourned. Master Chun proposes to go sing K. Hairy Brown and Big Wah signal their support with a show of legs. Everyone wants to seduce Ruby.

I slowly and steadily make my way to the counter, and say eloquently, "I'm off. Miss Cash."

Ho Sau-man hands me a name card, "My new shop. Come and eat when you're free."

Ho Sau-man talking to me? I'm simply overwhelmed by this favour. Just proves that with time my winks work.

I respond, "You're leaving, Miss Cash?"

"Today's the last day!"

I was suddenly very-much enthusiastically hugged tightly by Hairy Brown and Big Wah, who marched me out of Kamdu together.

In the toilet of the karaoke, I read the bilingual card:

couldn't-care-less attitude puffing on a cigarette and playing video games—a rule suggested by Gweilo, me, and passed with everybody clapping;

Ado is allowed to come back and sit in Kamdu, practicing physiognomy and talking about metaphysics.

I want to calm down a bit, so I make an excuse to leave first. When I walk out of the door of the tea restaurant, I consider and reconsider. The more I consider, the more my legs feel like jelly. I have pledged that I will never be a minority shareholder, because too many cooks spoil the broth. Let alone when it's doing business in catering, which is different from organizing a demo. There's a strong wind and heavy rain outside. It's easy to be game over.

It all has to do with whether I, a man already in his thirties, can live the rest of my life. I can't afford to lose.

I have two choices:

Use the leftover chickenfeed, take a gamble, buy a ticket, fly to Shanghai to find a job and go after Ah Ho Sau-man, opening up a new world. Can Do or not?

Use the leftover chickenfeed, take a gamble on Hairy Brown, invest in Kamdu and be a minority shareholder. See a step, take a step. Touch the stones to cross the river. Cure a dead horse as if it's alive. A poor hand may strike the old master dead. Heaven never puts a man in a dead end. Let the boat slide. A Man Should be Self-reliant. Sisters, Sisters Stand Up! Under the Lion Rock. A Better Tomorrow. Aces Go Places. The Private Eyes. The East is Red. Wind Still Blows. Who knows: maybe this salted fish will actually be reborn?—Front door facing the side door of the Mirador Building; back door beside Xanadu Night Club (recently under interior renovation, business temporarily suspended). On the left is the Victoria Hourly-rated Love Hotel (former Eton English Tutorial Night School); round the right corner is an off-course betting branch of the Jockey Club (former Royal Jockey Club). Turn round the bend and there's Chungking Forest; and HSBC is just a few steps away. The traffic extends in all directions. The area is of exuberant vitality and prosperous wealth, keeping up with the trend. Do it or not?

Image Promotion: King of Ideas, Master Chun;

Finance: Frustrated speculator, Leung Kam-chung;

Secretary: Professional forms-filler and female road block, Miss Ruby;

Customer and Gang Relations: Big Wah and his armed force.

I, the Gweilo, responsible for law, property and enterprise affairs, and haggling with the bank.

White-haired Mulder shouts loudly: Everybody try his best!

For the marketing line, Kamdu Tea Restaurant has a firm stance. We are absolutely not going for high-class. We are determined to promote the culture of a Hong Kong style tea restaurant. We pledge to stand by our people, opposing the invasion of globalization and American fast food culture, breaking the monopolies of huge consortiums and real estate developers—the above of course is White-haired Mulder talking bullshit.

Hairy Brown actually can only afford to go as far as a tea restaurant.

Master Chun comes up with a slogan: "Kamdu, City of Taste-So-Cool" — which just results in an uproarious cry of "idiot!".

The whole motley crew is very excited, of one heart, maybe because they're at a loose end—White-haired Mulder's school's out for the summer holidays; the economy's going through a downturn, Leung Kam-chung is unemployed. The sick would rather queue in public hospitals than go to private doctors. Film production is on the decline—Master Chun lives on his fat. Frolickers cut back on love hotels —Big Wah naturally has less tips. Business is weak—there are more road blocks than customers so Ruby sheds tears one after another.

We draw up three simple rules:

Everybody pays a small sum of money. Everybody gets his dividend every month.

Tattooed Hairy Brown, being the boss, is not allowed to sport that white waiter's uniform, exposing his chest, occupying customers' seats with a

異境

聞人悅閱：琥珀

《琥珀》的異境文／聞人悅閱

異境系列短篇是寫長篇小說《琥珀》時的意外所得，也向所有《琥珀》中提到的城市致敬。

從二零一五年開始寫《琥珀》，寫稿共三年，同時每月要交一篇專欄文章。因為沈浸在《琥珀》的研讀推敲之中過深，於是在潛意識下將這個專欄寫成了《琥珀》的補遺——在《琥珀》的人生中徜徉留戀，當然也願意由得《琥珀》中的人物繼續自我。《琥珀》中出現了大約四十個城市，每一個城市自然另有無窮多的故事。

那些城市即便沒有她的故事也照樣會日升日落，年年歲歲地延續著一個城市自己的前世今生，但是我偏偏撿到了某些遺落於歷史的碎片，於是像一個好奇的孩子，試圖把它們拼在一起——自己也為那折射出來的光與影吸引，深深地著了迷——這裡有兩篇，關於恰克圖與河州。恰克圖是《琥珀》前傳的發生地，而河州是《琥珀》中一些重要人物的源起之處。

一九一零年代恰克圖的異境

小歡暑假的時候去看她的表姐，她們同歲，開學都要升高中。她住在香港，表姐住在紐約上州。幾年不見，兩人都驟然長高，變化不小，彼此打量，一時有些生分，半大的小孩便都擺出了矜持的樣子，都不肯先開口恢復邦交。大人便故意派她們一起做些家務活，好讓她們恢復小時候一見面就唧唧咕咕笑個不停的熱鬧。於是，她們一起爬上閣樓整理舊物——小歡的舅母希望把雜物都清出去，如果女孩子願意收藏幾樣古董，決定權在她們。

表姐家一直與老人同住，小歡記得是一座都鐸式的老房子。老人在前兩年過世，老房子捨不得賣，結果重新裝修，外觀風格維持不變，但裡邊格局在改建下透出簡約之風，也填入了一切現代生活之必需——於是一切又變得合乎時宜，在時間長河裡將繼續理直氣壯地存在下去，而裝修時清理出來的老東西都堆在了閣樓上。閣樓的燈被打亮，小歡

與表姐站在一起四下打量，所有東西都被裝在紙箱子裡，上頭除了薄薄一層積灰，看上去尚算井井有條。

小歡有些疑惑，道，都要扔掉，舅母倒是捨得？不留一些作紀念？

表姐看她一眼，咕噥道，所以才叫我們來看一看——把責任推給我們。

小歡便問，你有什麼想留的？

表姐搖頭，道，不知道，打開箱子隨便看看吧。

一起瀏覽舊物，你一言我一語，兩個女孩子倒是很快恢復了往日親密，不過舊東西真多，有衣物，老收音機，唱片，電話，玻璃餐具，誇張的飾物，棒球卡，玩具娃娃……屬於不同的年代，不同的人。兩人固然覺得有趣，卻沒有繼承的興趣，直到看見一箱老照片，才異口同聲說，照片不能丟。

幾箱子的老照片由五六十年代開始，幾乎紀錄了老一輩踏上美利堅這片土地的全部歷程。兩個女孩子看得有趣，乾脆將箱子搬下來，坐在客廳裡細細翻看，看著照片中人的服飾變遷，指指點點，咕咕地笑著，就像小時候一樣。大人見了頗為欣慰，小歡的舅母也說，照片是要留下來——只可惜老人來美國之前的照片全都沒能帶出來……

兩個女孩子看著看著，照相冊中掉出一楨泛黃的老照片，她們撿起來一看，便叫道，可不有一張？這肯定不是在美國照的。

舅母湊過來一看，呀了一聲，道，要不是你們，我都忘了還有這樣一張照片，以前見過，當都記不得是哪年哪月了——嗯，讓我想想，照片上的是恰克圖。

小歡和表姐異口同聲問，那是什麼地方？

舅母說，恰克圖在蒙古與俄國的邊界，俄國人建了恰克圖，中國人隔著一條河建了買賣城，那是做貿易的地方。

她們端詳那照片——那顯然是偷拍的——照片上的人沒有準備要照像——對著鏡頭的臉嚴肅中都帶著驚奇意外。照片的背景是一間客廳，擺設明明是歐式的，可其中歐陸情調分明被什麼調和沖淡了，另有一種說不清的異域風情——後頭牆上模模糊糊有個鹿頭，頂著底下桌上卻擺著幾個標著紅底黑字標籤的茶葉罐子，一看就是中國茶。照片中央則坐著兩男一女，兩位年輕的男子都穿著西裝，女子穿著長袍，抱著一個嬰兒，那嬰兒的臉也異常清晰，跟那年輕女子極為神似。小歡被她們的面容吸引，捏著照片瞧了瞧，忍不住道，好美。

她將照片翻轉，見後面寫著一九一五幾個字，倒抽一口涼氣，說，這都快一百年前了！

她表姐驚訝地將照片接過去，看了看，肯定地說，的確很美，有種超乎時代的美。然後細細端詳，跟小歡說，這樣的老照片真是少見，我見過那種人像照，裡邊的人物全都正襟危坐，對著鏡頭，沒見過這種即興的抓拍。

接著，表姐追問自己母親，這照片上的到底是誰？跟我們家有關？

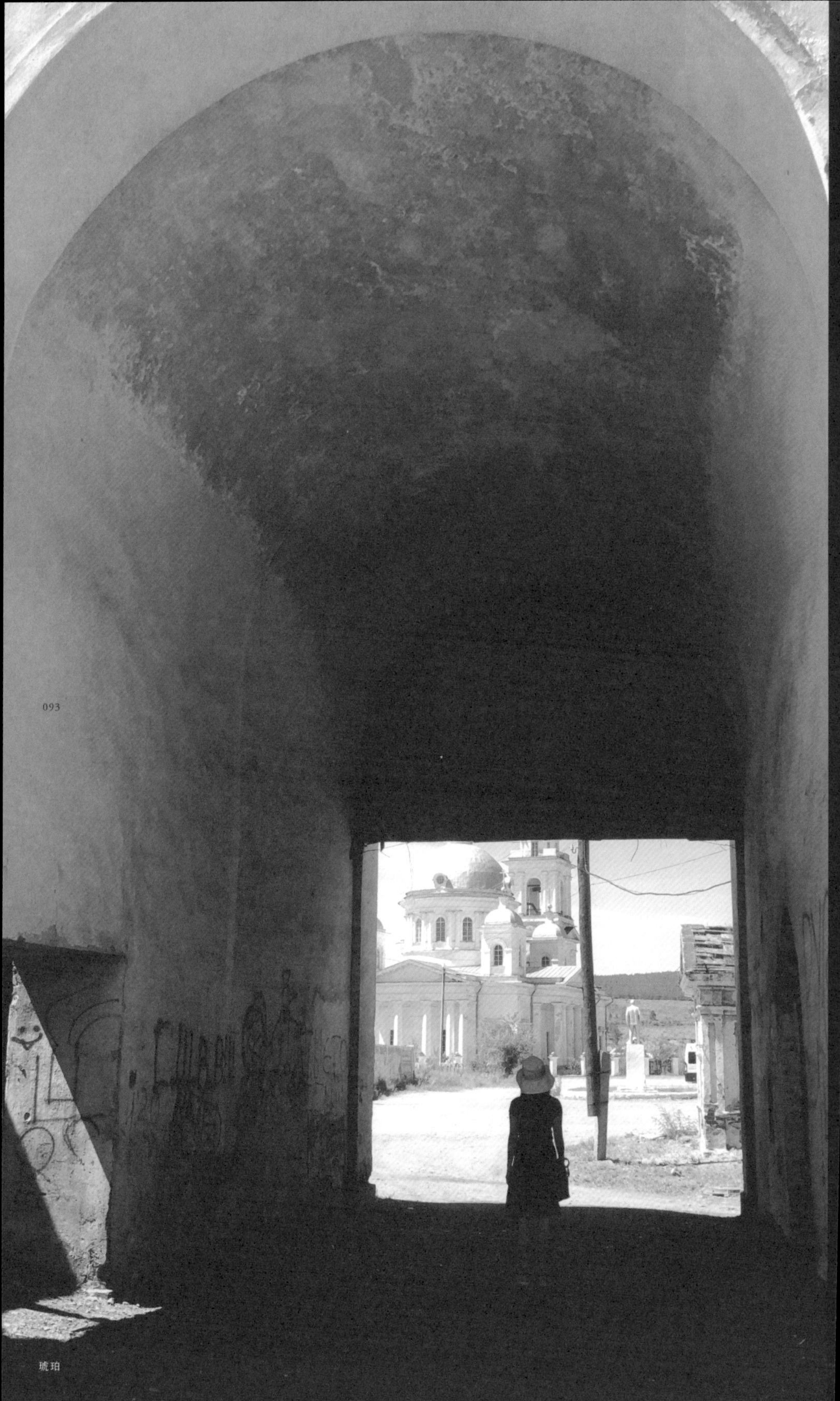

舅母卻搖頭，說，我也不是很清楚，這照片太老了。據說還是我祖父偷拍的，照片上那幾個人跟他有些遠親的關係，實則要怎麼算他也說不上來。那時，他剛學照相的技術，順手拍下照片，大概只有這一張成功，結果卻把每個人拍得都很好看。諾，這肯定是他的得意之作，夾在一個筆記本裡居然一直帶在身邊，結果就帶了出來。讓我想想——這中間一個男子是他遠房的表哥，另外兩人是兄妹，本來是一個家族的人，但是他們那一支被逐出了家門——他們見面是背著族人——家族大，人與人之間的關係複雜得很……

小歡驚訝，問她表姐，小聲道，妳家有蒙古的血統，我怎麼從來不知道？

她表姐聳聳肩，欲言又止，彷彿一時不知道從何說起，結果只是吐著舌頭笑了笑。她舅母卻感概道，原先在蒙古，那也算是個大家族，結果，後來，都是各走各的路了。

表姐老氣橫秋對她母親說，你不也是在美國出生的？

她母親點頭，說，可不是，過去的事沒人提了，像沒發生過一樣。

小歡繼續瞧著那照片，有些愛不釋手，道，照得真好！突然，她咦一聲，指著照片背景上另有一人，問，那又是誰？

舅母看一看，說，那是個俄國人，大概是跟他們做生意的——你們不知道恰克圖的背景，那地方被叫做買賣城是有原因的，自然有許多俄國人在那兒做著各種各樣的買賣，並不奇怪……她說著說著，聲音低了下去，像自己也不太確定。

結果，她們把那照片暫時擱在客廳的櫃子上，打算要去找個鏡框收起來。小歡與表姐繼續看著別的照片，舅母忙了一會兒，然後走回去，站在櫃子前，低頭凝視著那照片良久，突然道，我記起來了，這不是個生意人。

小歡和表姐立刻問，想起什麼？有故事趕緊說！

舅母用手指指著照片上的人，像是自言自語，道，祖父提起過，他們家的人中間的確有跟俄國人做生意的，俄文說得很好，結交了一些俄國人，但這些俄國人可也複雜得很，其中不乏職業革命家——這在俄國人家裡的聚會，來的什麼人都有——他們這幾個年輕人都是那麼年輕，對世界充滿了希望，慕革命之名去趕熱鬧也不出奇……

小歡和表姐聽了一呆，覺得有些盪氣迴腸，想問一些什麼，卻有不知從何問起，期期艾艾下，開口，遲疑道，不知那時的世界是怎麼樣的？

這個問題，連舅母也答不上來，只含糊地說，那自然是動盪的年月，那些年，蒙古獨立，恢復自治，又獨立，中國俄國都是動盪不安，多少變故……

她說了一半，便停了下來，原來，在歷史面前，他們都不過是一些小孩童而已。

而小歡卻不放棄，堅持問，但是你剛才說，他們那時還是對世界充滿了希望，不是嗎？

舅母重複希望那兩個字，卻沒有回答是與否。

這個問題，只好留給了時光。

一九二零年代的河州異境

小覺清楚記得祖母過世的那個夏天。那是一九九八年。

學校開始放暑假，她從美國東岸飛回香港，飛機落地在九龍城區的啟德機場。那是七月初，降落時候，機上乘客紛紛望向窗外，看飛機猶如在城市大樓間穿行而過，有的甚至掏出相機，顯得興奮而且傷感，因為新的機場即將啟用，舊機場行將關閉。舊機場在過去當然不能令所有人滿意，建在高密度樓群間，只有一條跑道的機場甚至被評為全球十大高危機場之一，起飛降落常常讓人提心吊膽，安全係數全要仗仰機師技藝精湛。不過到多年積累，總是有感情，別離時刻難免唏噓。

那個夏天多別離。她的祖母辭世。祖母去得很安詳，之前也沒有身體不適的明顯徵兆，不過大家似乎都有某種預感，小覺一回來，她父母便跟她說，希望她多化點時間陪老人。那些熱辣辣的下午，小覺其實也不想走到外頭去，老公寓的天花板很高，客廳開著空調，發出嗡嗡的聲音，她拿一本書坐在沙發上，祖母坐在對面，腿上蓋著毯子，戴著副老花眼鏡，像在看報，也像在休息。起先，小覺並不知道要與祖母聊什麼，但這樣的下午讓她有回家的感覺，她嗅著空氣中梔子花的味道，覺得這就是祖母的世界，一層也未變過。

然後，祖母開口說話，小覺卻吃了一驚，明白了父母的話並非事出無因，老人顯然並不生活在眼下這個靜謐的午後，而是覺得自己又回到了過去生活過的某個地方。她跟小覺說，你去看看，杜家那個哥哥回來了沒有，再不回來，我們就要走了。整個城鎮被燒成這樣，誰也住不下去了。你告訴他，我不想走，我要等他。

小覺起先沒明白，問，什麼城鎮被燒了。

祖母定定看著她，像在責怪她的無知，說，八坊被燒了，河州的大火燒了七天七夜，我們家那些漂亮的花格子的雕窗一扇也沒剩下，木樓全倒了，原先清一色水灰瓦的屋頂多好看，眼看著嘩啦啦成片地塌下去。是國民軍的人的搶了東西，還燒了房子。他們說杜家哥哥跟著一起造反去了，國民軍這樣對老百姓，是應該有人造他們的反。你去看看他回來沒有，他家的人都沒了，但是他應該跟著咱們家走，快去叫他，再不來，就來不及了。

小覺哦了一聲，她坐到祖母邊上，摟一摟她的肩，跟她靠在一起。老人沈浸在自己的回憶裡。小覺知道自己的老家在甘肅，是河州人，曾祖母輩就已經離開，因為日子過不下去，但是火燒城鎮這種事她還是第一次聽說。

她正遲疑該不該提問，祖母卻已經接著說下去，道，一到過節，巷子裡家家在炸油香，饊子，油香炸得金黃，像个满月，一掰两半，抹上蜂蜜，真是又甜又香；还有釀皮，也是金黃透亮，用刀切了，拌上蒜汁，香醋，芥末，真是让人吃了还想再吃；包子也鮮香，裡邊是羊肉和紅蘿蔔，滚湯蒸出來，澆上辣子油和醋……

小覺從沒聽過那些食物，不過坐在祖母邊上，老人說一句，她應一句，特別有耐心，她自己心中充滿了說不清的傷感。這些年總覺得老人的世界一層未變，靜如止水，哪裡想到歷史突然撲面而來，而且這樣動盪。

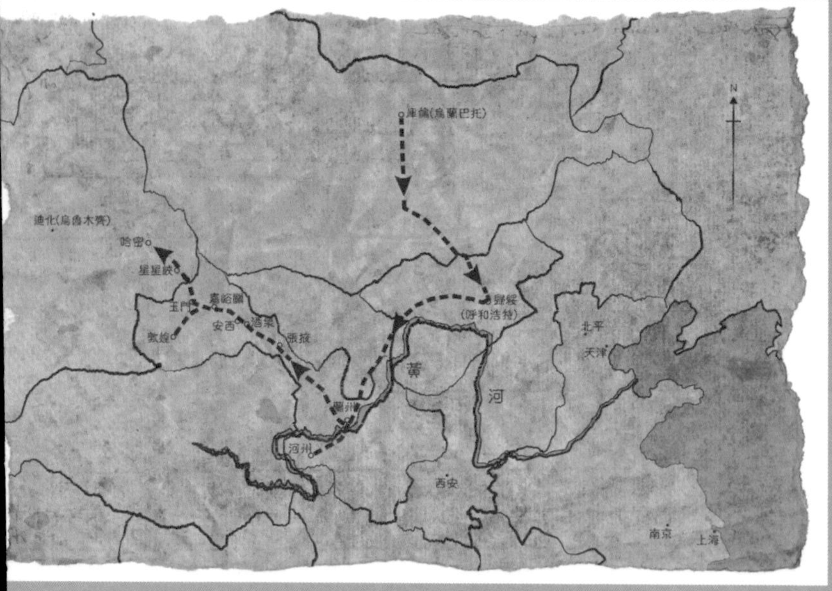

克圖　路線｜庫倫到哈密　地圖繪製｜陳奕

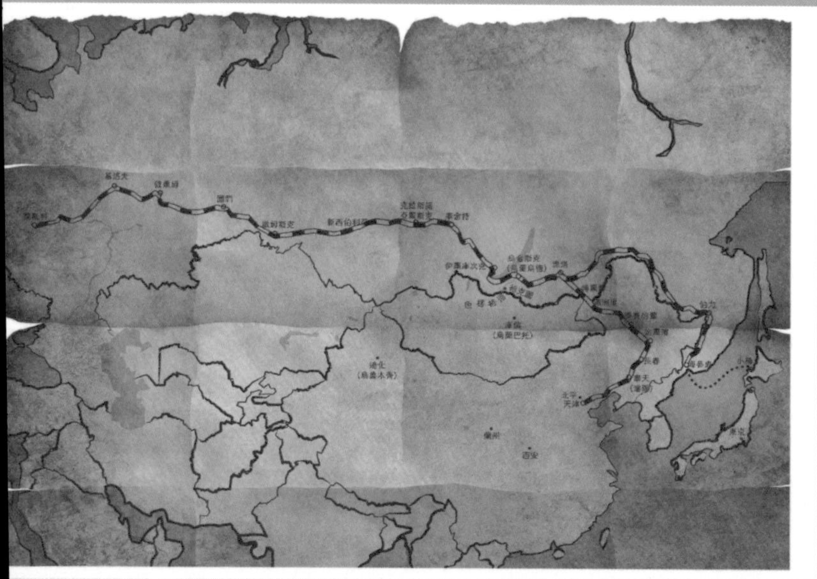

路線｜西伯利雅鐵路、南滿鐵路、京奉鐵路　地圖繪製｜陳奕

稍後，她問父親，父親倒是知道那段歷史，三言兩語就說清楚了，道，沒錯，那時馮玉祥的軍隊駐紮在甘肅，惹來不少民怨，回民漢民日子都不好過，河湟事變就是因此而起。

小覺問，杜家哥哥是誰？

父親一愣，倒笑了，說，你祖母還記得這事？我也是聽說，你祖母幼年跟杜家訂了親。她自己也很中意那門親事。但是當時世道亂，官逼民反，軍隊鎮壓，把他們住的河坊一把火燒了，杜家人都死了，只留下她說的那個杜家哥哥。原本咱們家走的時候要帶上杜家那孩子，但是人家硬是要跟著造反的軍隊走，打著反對國民軍的旗號，這一去，便沒了音信。這門親事就作罷了。亂世就是這樣。到最後，父親開玩笑說，你看，我們家差點姓了杜。

然後，父親卻又一怔，道，這軼事，我還是聽你祖父說的。你祖母從未提過一個字，怎麼到這時候卻又想起來了。他與小覺四目交流，兩人心中突然都充滿擔心，可是又不敢把話說出來。父親嘆口氣，說，過去的事畢竟難忘。你祖母小時候逃難吃了苦，但幸好到後來，在香港，還是過了一段太平的日子。人生轉折，充滿變數，誰想得到……

小覺問，那個杜家哥哥呢？後來，他們沒找過他？

父親搖頭說，世界那樣大，要怎麼去找？而且是那樣的世道，人如浮萍，散了便散了，一點辦法也沒有。我們來了香港，從河州來的老鄉也有那麼一些，但是祖母他們應該是沒有碰見過熟人。

小覺晚上做了個夢，在一座古老城鎮穿過，青石板的街道剛剛被水清洗過，有個女孩梳著條大辮子，一路小跑從她身邊奔過，口中叫著，杜家哥哥……

街道另一頭，有個少年的身影，停下來，回頭，露出一個笑臉。小覺抬頭，天空清澈，兩邊木樓造得高大堂皇，屋頂清一色兩溜水灰瓦。瓦溝裡有一簇簇小草，其中一株頂著朵鮮妍的紅花……

祖母在幾天後過世，沒有痛苦。前一晚一家人還坐在一起吃飯聊天，祖母還有說有笑，第二天早上便發現她過去了，臉上有笑容，正是壽終正寢。

夏天結束，小覺離開的時候，赤鱲角機場已經啟用，新的機場現代，安全而有效率，猶如正在展開一個全新的時代，人來人往，好像歷來如此。

在那一年，她明白了過去就像指縫間流過的空氣，不知不覺，無法挽留。

明／暗

攝影師楊明，生於八十年代，天津人，現工作與生活於北京西城區。二零一零年夏北京電影學院圖片攝影專業進修結束後開始文化活動類攝影工作，至今與文化機構理想國、「世紀文景」出版公司、「看理想」影像計劃、單向空間（原「單向街書店」）、中央美術學院美術館等文化機構保持密切合作，於北京的文化勃興與豐碩的週期中，於單向街書店花家地旗艦店、愛琴海分店、大悅城分店，朗園 Vintage, Chao 酒店文化空間，電影資料館，鼓樓西劇場，中央美院美術館，北京大學光華管理學院，尤倫斯當代藝術中心，首都圖書館，三影堂，三聯書店，798「MEET・Park」，萬國城 MOMA 百老匯電影中心，SKP RENDEZ-VOUS 等城中重要文化空間，主力拍攝與紀錄「看理想・2018 室內生活節」、「理想國譯叢啟動儀式：未來不需要看見」、諾貝爾文學獎得主彼得・漢德克北京之行主題活動、「文景藝文季」年度沙龍、「寶珀・理想國」文學獎頒獎典禮(2018-2020)、「十三邀・偏見小會」等標誌性文化活動，持續拍攝的兩岸三地及國際文化藝術類人物包括侯孝賢、張艾嘉、朱天文、朱天心、張大春、唐諾、楊照、陳丹青、梁文道、許子東、莫言、馬家輝、賈樟柯、駱以軍、婁燁、阿城、張藝謀、陳凱歌、沈昌文、白先勇、許知遠、陳傳興、詹宏志、竇文濤、秦暉、蔡國強、龍應台、栗憲庭、朱贏椿、姚謙、馬世芳、劉瑜、閻連科、蔣方舟、黃永松、金士傑、秦海璐、徐克、姜文、孟京輝、崔健、顧長衛、秦昊、鄧超、馬未都、劉小東、喻虹、徐冰、餘力為、許鞍華、王小帥、向京、西川、焦元溥、畢飛宇、阮義忠、萬瑪才旦、杉本博司、森山大道、原研哉、仲代達矢、瀧田洋二郎、吉井忍、金基德、呂克・貝松、馬可・穆勒、布魯諾・巴貝、彼得・漢德克等。自本期「特別冊」開始，K書將集中以「明眼看人」為題，開設攝影作品專欄，於光影明／暗之間，檢視並撿拾文化紛紜界面的吉光片羽。

杉本博司。中央美術學院美術館學術報告聽。「大師課」。
倒影與激流之間。
2012 年 5 月 11 日。

王家衛。北京「中國電影資料館」。2014 年 12 月 8 日。
王家衛電影回顧展。《東邪西毒・終極版》映後交流。
「驚喜嘉賓」張震，擬仿「剪刀手」的出場。

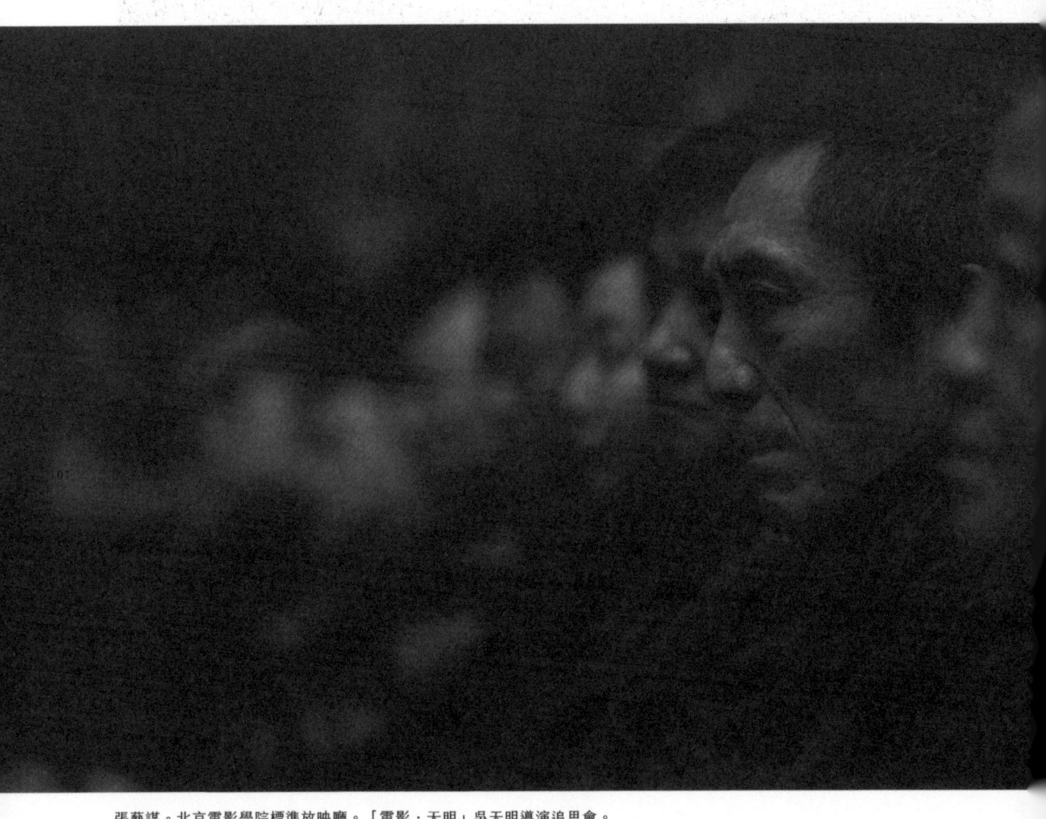

張藝謀。北京電影學院標準放映廳。「電影 · 天明」吳天明導演追思會。
2014 年 3 月 10 日。
向死而在。
亡者吳天明，大陸「第四代」知名導演。1980 年代任「西安電影製片廠」廠長，張藝謀、田壯壯等「第五代」影人事業起步的引路人。在其主事期間，除自己拍攝獲獎影片《人生》《沒有航標的合流》等之外，也同時作為諸多「第五代」重要作品的推手和製作人。其中最具代表性的是張藝謀《紅高粱》（1987）與田壯壯《盜馬賊》（1986）。而張藝謀也因主演其執導的劇情長片《老井》而一舉奪得 1988 年第二屆東京國際電影節最佳男主角獎。

賈樟柯。平遙電影宮。2017 年 12 月 12 日。
《山河故人》勘景歸來。
躊躇，滿志。

竇文濤。798 藝術區《圓桌派》攝影棚。2016 年 10 月 31 日。
香港鳳凰衛視首席談話節目《鏘鏘三人行》停播前一年。

香水創意師莊卉家。
三裡屯 CHAO 酒店。看理想．「室內生活節」。
2018 年 3 月 30 日。被霧霾圍困的日子。

上圖：梁文道。郎園 Vintage 虞社演藝空間。
2018 年 6 月 15 日。
照例，那個晚上的活動因主講人遭遇交通擁堵而被迫延遲十分鐘。
「道長」跑步入場，仍不忘與許子東調侃。

下圖：作家淡豹。北京大學理科教學樓 302 室。2016 年 12 月 3 日。
「正午故事」團隊《1997-2017 我們畢業那一年》。
「暗」中觀察。

蘇童。三裡屯 CHAO 酒店。2020 年 10 月 28 日
第三屆「寶珀・理想國文學獎」頒獎典禮。
宣佈本屆文學獎大獎得主為小說家雙雪濤。

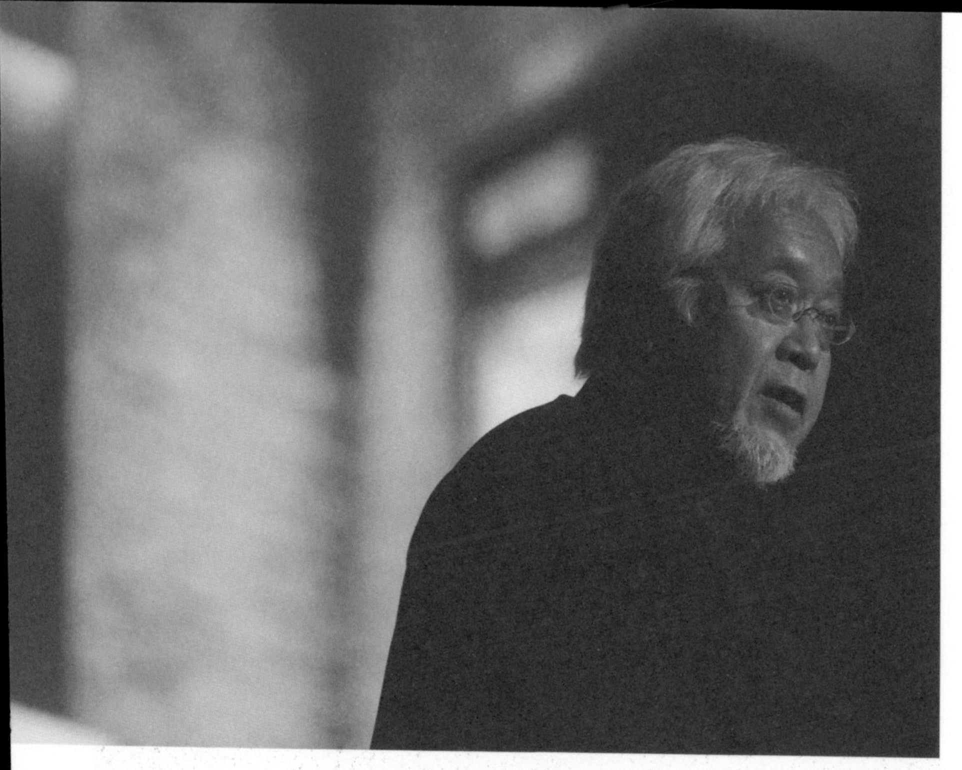

森山大道。三影堂攝影藝術中心 +3 畫廊。2015 年 8 月 29 日。
那一天，我遲到了。
只看到這位身著米奇的七旬老人，在草場地藝術區閑晃成另一種風景。

原研哉。清華大學大禮堂。2019 年 10 月 9 日。

張艾嘉。北京大學光華管理學院。2016 年 4 月 20 日。
《輕描淡寫》簡體版新書發布會。
那些驚心動魄的故事，及以後。

111

舒國治。單向空間．愛琴海店。2016 年 12 月 30 日。
「在生活中尋找遊賞，也尋找寫作。」
舒哥，不喜歡拍照。

白先勇。郎園 VINTAGE · 廣社演義空間。2018 年 4 月 17 日。
連續兩天，場場爆滿的「紅樓夢系列演講」，工作中，陷入夢幻般現場的聆聽，就入了迷：路過的女子，都像晴雯。

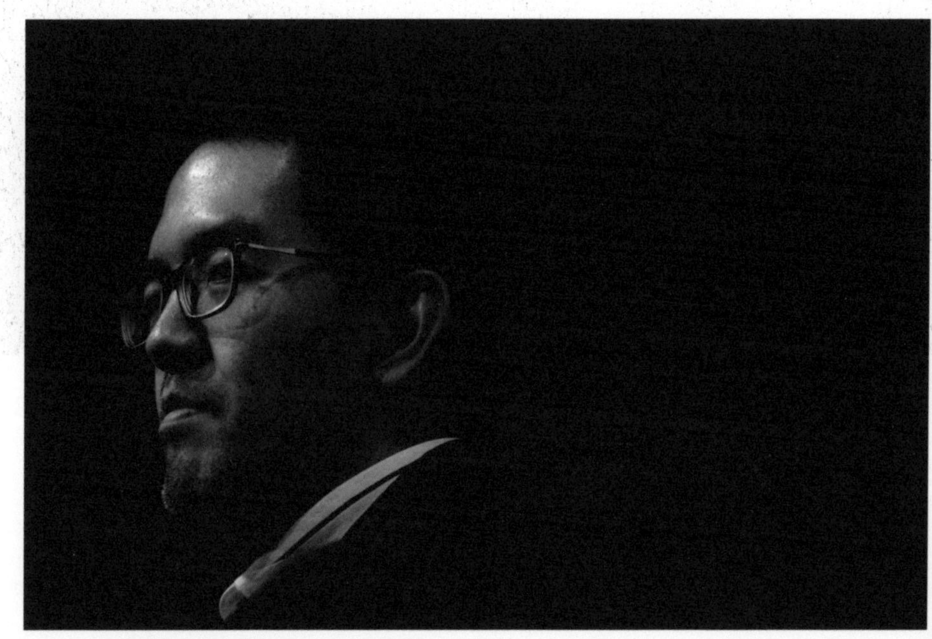

焦元溥。單向空間·愛琴海店。2017 年 12 月 24 日。
平安夜的音樂飛行——聲音，也是彩色的。

115

蔡國強。751 前沿藝術展演中心。2016 年 4 月 2 日。
時而沉思，時而誇張。藝術頑童披靡上演即興詩章。

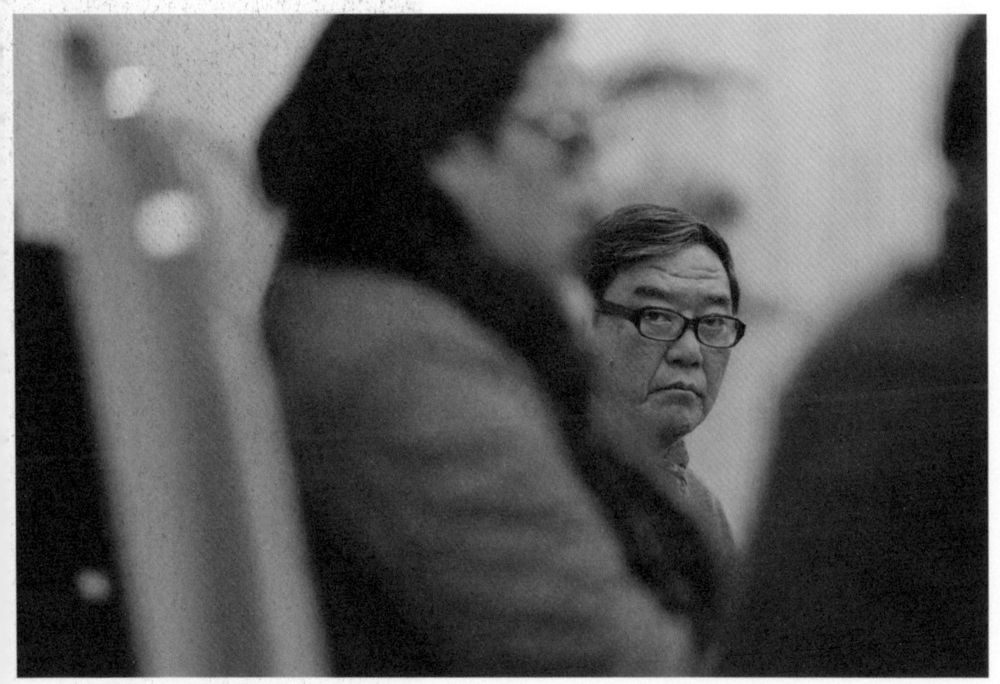

李立群。保利劇院。2014 年 12 月 3 日。
話劇《冬之旅》新聞發表會，編劇萬芳，導演賴聲川。

金士傑。北京圖書館音樂廳。2015 年 1 月 2 日。
「當才子遇到戲骨」兩岸戲劇人對談。

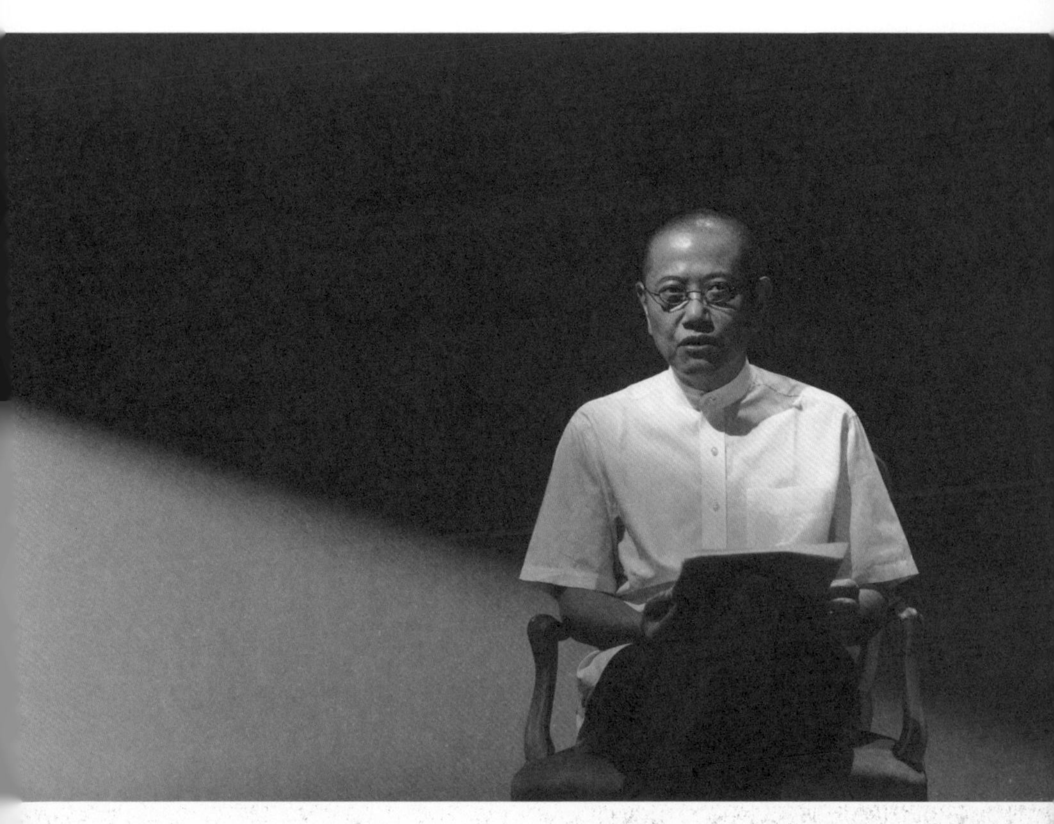

陳丹青。《局部》拍攝場地。2015 年 8 月 10 日。
悶熱的八月午後。不能開空調的燈光現場。
樓群附近有鐵路軌道，不經意間，就有高鐵呼嘯奔突而至。
於是：「這便是因時代轟轟隆隆的車輪，而屢次被打斷的一段拍攝。」

陳傳興。中央美術學院報告聽。2015 年 3 月 28 日。
「未有獨而後至」展覽期間。難得的安靜。
隨後對談展開：《攝影作為富於精神性的官能性活動》。
（照片中在一旁閉目養神的王婉柔導演，多年後拍出紀錄片《千年一問——鄭問》）

湯唯。百老匯電影中心‧當代 MOMA 店。2012 年 3 月 23 日。
韓國電影《晚秋》電影點映。
不期然而然的拍攝時刻。
必須克服手抖。

121

雙雪濤。三裡屯 CHAO 酒店。2020 年 10 月 28 日。
第三屆「寶珀 · 理想國」文學獎首獎獲得者。
從前輩蘇童手中，接過首獎獎章，與一枚象徵傳承的 BLANCPAIN。

出版家沈昌文。北京科學技術協會會議室。2017 年 6 月 15 日。
出版業界與談：「出版的品格和傳統」。
八旬沈公自 1986 年起出任三聯書店總經理並兼任文化期刊《讀書》雜誌總編輯，為促成大陸八十年代"文化熱"視域的基石性人物，並與郝明義、陳冠中等台港文化出版人廣泛交流合作，奠定 「改革開放」新時期鮮活的出版與閱讀氣象。
2021 年 1 月 10 日，因病逝世。

韓國導演金基德。北京電影學院標準放映廳。2015 年 4 月 19 日。
電影《空房間》映後座談，興致盎然處高歌一曲。
2020 年 12 月 11 日，因罹患新冠肺炎而離世。拉脫維亞。

「感光」之旅：攝影者說

文／楊明

題記

學習攝影的初始階段 印象最深的第一句話
「拍照和攝影是兩件不同的事」用眼 用心
是視覺觀感還是生命體驗

這是最普通也是
最深奧的事 有幸從好奇 到參與
到體會 到思考 與周遭的形影
共同見證了 這個
「感光」的過程

之一

嗅到現場的微塵氣味

照片的張力 往往是框不住的四條邊
能不能調動嗅覺
體感的流動：現場
不止用耳朵在聆聽 而是用身體
在觀看 按下快門 聽 1/40 秒的流動

之二

從技術角度出發
運動 駕駛 攝影均為一種直覺
在場者 聽到犀利或過激的反應 被攝者的
下意識 往往是最動人的瞬間
從手指的微顫 微表情浮現
到極小動作的變化 無一不是內心的呈現
使然

我們都是愛現場的人

之三

內容仍是最關鍵的
表達

從點滴紀錄 到素材積累 試圖
用電影的方式 分鏡一場對談
卻看的不透
嘗試用詩歌的韻律 找到色彩節奏
卻尋的不準

常有一手好牌 沒打好的挫敗感
也有深夜偶得的靈感
垂青 靈感 只是浪漫的名詞 真正能做的
唯有

一
直
拍
攝

之四

漸悟

預判

走進人群視野剎那 歡呼響起

總會有一些關注的目光投向即將開場的角落那種
發現 不亞於「海上鋼琴師」中
第一位望到自由女神塑像的旅人
是聆聽者 也是紀錄者

那一刻 在不同維度 凝神屏息

之五

那些逝去的場地與時光——

影像紀錄 通常伴隨著環境變化 賦予創作的
靈光 從書店 到美術館 城市的文化座標
逐漸轉移 那些曾經坐滿聽眾的座椅 那些從電梯院
後門進入的場地 佈滿爬山虎的午後光影
和充滿密度時刻

黃昏的玻璃口罩
遮住上揚的嘴角但
笑容仍然熟悉

之六

用設計師的眼光攝影
懂得非黑即白的向量世界外
還有18度灰的美妙層次

用攝影師的眼光選片
體會觀看之道所預設的儀式感

一張照片從構思到拍攝 後期製作 影像輸出
這才是一個完整的過程
十年 對自己 也是對攝影 用另一個材質
去觀看「技進於道」攝影是能量的傳遞

下一個十年的約定

之七

運氣
瞬間裡的瞬間

一次拍攝 是否記錄到好的照片
「自己」是最清楚的

有所捕獲
那瞬間彷彿
被神秘告知的

一次僥倖吧

月光下／焦慮的顏色

文／貝魯斯．布加尼

月光下
未知的路途
天空是極度焦慮的顏色。

兩輛卡車上載著驚惶不安的乘客，沿著亂石遍布的迂曲迷宮疾駛而下。四周叢林環繞，排氣管一路發出駭人轟鳴。由於車子周身以黑布包覆，我們唯一得見的只有頂上的星斗。男人女人並肩而坐，孩子懷抱在腿上……我們抬頭仰望，天空是極度焦慮的顏色。偶爾，會有人稍稍挪動在卡車木底板上的位置，好讓疲勞的肌肉恢復血液循環。儘管光是坐著就教人疲憊不堪，我們還得保留體力應付餘下的路途。

整整六小時，我背倚卡車的木板牆，坐著紋風不動，光聽一個傻老頭對蛇頭宣洩滿腹牢騷，從他半顆牙都不剩的嘴裡爆出源源不絕的粗口。我們在印尼漂泊三個月，忍饑受餓，落到此般悲慘境地，但至少現在要離開了，這條路將帶我們穿越叢林，駛向大海。

車內一角，近門口處，有一道用布搭起的臨時隔簾提供遮蔽，要上廁所的孩子可以進去尿在空水瓶裡。幾個神色傲慢的男人進到隔簾後，扔掉裝滿尿液的水瓶，也沒人會注意。沒有一位女性離開過座位，她們肯定也需要去，或許光是想到在布幕後面解手就令她們打退堂鼓。

許多女人手裡抱著孩子，心裡思忖渡海會有多艱險。車子顛顛簸簸，駛過路面的坑坑窪窪與突起時，孩子們也跟著上下彈跳，驚恐不安。即使再年幼的孩童也察覺得到危險迫近，從他們放聲尖叫的音調便展露無遺。

卡車轟鳴
排氣管發號施令
恐懼與焦慮

司機命我們坐定。

門邊站著一位皮膚黝黑、外貌飽經風霜的瘦削男人，頻打手勢要大家安靜。但車內到處迴盪著孩童的哭號、母親試圖哄孩子安靜的聲音，以及卡車排氣管可怕的尖厲怒吼。

隱約迫近的恐懼暗影使我們的直覺益發敏銳。一路疾駛途中，有時上空完全為枝葉遮蔽，有時枝椏間透出天色飛掠而過。我不確定走的是哪條路線，但我猜我們要搭的那艘開往澳洲的船，應是停在雅加達附近，印尼南部的某個遙遠海岸。

§

我待在雅加達的卡里巴塔城（Kalibata City）和肯達里島（Kendari Island）時，經常聽到船難的消息。但我總認為，那種不幸的慘劇只會降臨在他人身上。人很難相信自己可能面臨死亡。人想像自身的死亡必不同於他人之死。我無法想像。難道這奔赴海岸的卡車隊，會是死神的信差？

不
絕不會是船上載著孩子的時候
怎麼可能？
我們怎麼可能葬身大海？
我深信自己的死必然不同
應當在更寧靜之處告終。

但我想到近來遭大海吞噬的船隻。

焦慮驟升
那些船不也載著年幼的孩子？
那些溺斃者與我又有何不同？

這樣的時刻會喚醒內在某種形而上的力量，將死亡的現實從念頭裡驅逐。不，我不能如此輕易向死亡屈服。我的死注定發生在遙遠的未來，且絕非溺死，或其他類似的厄運。我注定會以一種特別的、出於自我選擇的方式死去。我認定自己的死亡必須包含意志的行使。我在內心、在靈魂的深處下定決心。死亡必須關乎選擇。

不，我不想死
我不願如此輕易放棄生命
死亡在所難免，我明白
死亡只是生命的一部分
但我不願向死亡的必然性伏首稱臣
尤其距離家鄉萬里迢迢
我不想死在外頭，被水
被無止無盡的水吞沒。

在此之前，我始終以為自己會在出生、成長、一輩子生活的地方終老。你實在無法想像死在一個離家鄉一千多公里遠的地方。那是多麼可怕、多麼悲慘的結局。那是全然的不公，而這不公在我看來純粹是偶然且專斷的。當然，我不認為那會發生在自己身上。

§

一名年輕男子與他的女友亞澤蒂搭乘第一輛車，同行的還有我也認識的藍眼男孩。他們三人都不得不拋棄在伊朗的人生，懷抱著過去痛苦的記憶。先前卡車到我們待的地方接人時，這兩個男的將行囊拋到卡車後方、跳上車的動作宛如士兵一般。在印尼的整整三個月，無論是找飯店住宿、取得食物，或移動到機場，他們永遠領先其他難民一步，然而極諷刺的是，高效率的行動卻屢屢令他們陷入不利的處境。我們要飛往肯達里時，他們比其他人都先到機場，但是才一抵達，護照就遭警察沒收導致錯過航班，最後在雅加達街頭遊蕩數日，淪落到在暗街小巷乞食。

現在，他們又位居前頭，風馳電掣的帶領一行人劃破強風，伴隨排氣管的隆隆作響，朝大海疾駛而去。我知道藍眼男孩心中有個深埋多年、早在庫德斯坦就種下的恐懼。我們坐困雅加達卡里巴塔城那片大型公寓區時，夜裡會擠在一個個窄仄的陽臺抽菸，一邊聊著對往後路途的想法。他坦承懼怕海洋，因為他的哥哥就葬身於伊拉姆省塞瑪雷河（Seymareh）的湍流中。

……兒時的某個夏日，藍眼男孩跟哥哥去塞瑪雷河，探查前一晚在河水最深處設下的漁網。哥哥深深下潛，宛如沉甸甸的石子直墜河心，身體劃開流水。不料一陣突來的波濤翻騰，頃刻間只見哥哥的手伸出水面向藍眼男孩求援。藍眼男孩還小，力氣不夠抓住哥哥，他只能不斷哭喊，哭了好幾小時，希望哥哥能存活下來。但他沒有。兩天後，族人敲奏傳統的多侯鼓（dhol）向河流傳話，才尋獲哥哥的遺體。多侯鼓聲說服河流歸還沉入水底的屍首，那是一種死亡與大自然之間的音樂關係……

經年的陰霾跟隨藍眼男孩上路。他是那樣極度怕水，今晚卻朝大海加速前進，準備展開浩大的旅程。然而這揮之不去的巨大恐懼終究坐實了這趟不祥之旅……。

卡車持續在密林間奔馳，擾動夜晚的寧靜。大家在木板上坐了好幾小時，臉上盡顯疲態，有一兩人吐了，把先前吃的東西全都嘔進塑膠容器裡。

車內另一角坐了一對帶著嬰兒的斯里蘭卡夫婦。由於車上乘客多是伊朗人、庫德人、伊拉克人，對於同行者有個斯里蘭卡家庭莫不嘖嘖稱奇，看得目不轉睛。那名斯里蘭卡女子美貌出眾，一對黑眼眸，懷中的嬰孩還在吃母乳。她的伴侶試著安撫母子倆，盡其所能仔細照料。他要妻子知道自己隨時在旁支援，整趟路上似乎都萬般努力令她安心，每當卡車行經崎嶇路面劇烈顛簸，他會按摩她的肩膀或緊緊將她摟住。不過顯而易見的是，女人全神關注的唯有她襁褓中的孩子。

角落的景象
是愛
那樣光輝，純粹。

但她臉色發白，一度嘔吐在丈夫遞過去的容器裡。我對他們的過去一無所知。或許兩人的愛情帶來重重險阻，迫使他們經歷這個可怕的夜晚？他們對孩子的呵護備至，清楚彰顯他們的愛克服了一切。而不論何種經歷導致他們逃離家園，無疑也在他們的心靈烙上深深印記。

車上有各種年齡層的孩子，包括即將成年的，也有一家大小同行的。有一個庫德族男人極惹人厭，大嗓門，毫無同理心，全程逼迫大家跟著吸他的二手菸。他帶著憔悴的妻子、一個成年兒子，還有另一個頑劣的小兒子。這傢伙生著母親的外表，遺傳了父親的性格，吵鬧得不得了，全車的人都飽受折騰、被他當笑話，他不耐煩又愛搗亂的言行舉止惹毛了所有人，甚至還激怒蛇頭，招來一頓斥責。我暗忖，這男孩長大後，

毫無疑問，一定比他父親沒同理心一百倍

卡車速度減緩，我們似乎開到叢林盡頭，抵達海岸了。蛇頭開始激烈揮舞雙手，要每個人保持安靜。

車子停住。

四下寂靜無聲。

就連最吵的小混蛋也明白他得安靜。我們的恐懼有充分理由，因為先前許多次，嘗試偷渡者甚至還來不及登船，就在岸邊立即遭到逮捕。

沒人發出一丁點聲響。斯里蘭卡嬰兒靜靜依附母親的乳房，只是盯著，沒吃。哪怕最細微的響動或哭泣，都會讓一切前功盡棄。過去三個月在雅加達和肯達里的挨餓流離，成敗全繫於此刻的靜默。

最後階段。

在這海灘。

§

此前，我才在肯達里一家小旅館的地下室，熬過四十天瀕臨餓死的日子。肯達里位處交通樞紐，在歷史上始終受到難民青睞，到這裡便可輕鬆解決後續的行程。然而我抵達時，肯達里已變得像墓地一樣荒涼。

現在的肯達里警備極為森嚴，因此我不得不藏身在旅館的地下室。我的錢花光了，飢餓逐漸侵蝕身心。我都起得很早，然後吞下一塊吐司、一片起司，再喝一杯加糖的滾燙熱茶。這便是我僅能找到的糧食，得靠這些撐過一整天。市巡邏員警對我們窮追不捨，展開地毯式搜查。我不能有片刻鬆懈。所有遭到逮捕的入都被丟進監獄，幾天後驅逐出境。那情景我光想像便痛苦萬分，倘若必須回到一開始的原點，簡直是被判死刑。

儘管如此，在肯達里的最後幾天，我仍會在早餐後把握機會離開旅館透透氣。那是破曉前空氣潮溼的時分，我確信這座城市還在睡，也不會有好管閒事的警察在我進入叢林的小徑現身。

我會穿越一條短短的、鋪整過的小路，一路害怕得直打顫，然後轉進一片木籬笆圍起的靜謐樹林。我猜那是私有土地，待在裡面恐怕就構成犯罪，但從來沒人過來查看。接著映入眼簾的，是豎立在偌大椰子種植園中央的一棟漂亮小屋。那裡總有一名矮個子男人，身邊簇擁著許多隻猛搖尾巴的好奇狗兒。他會對我微笑，友善揮揮手。那親切的笑容帶來一種安全感，支撐我繼續沿著種植園的泥巴路往下走。

路邊有一截倒臥的巨大樹幹，緊鄰波光粼粼的稻田。我會在那樹幹坐著，點一支菸，欣賞周圍的大自然，暫時忘卻混亂的思緒和飢餓。等我抽完菸，太陽約莫開始升起，我便沿著同樣的路徑穿過叢林，回到旅館。途中，矮個子男人會帶著同樣親切的笑容再度向我揮手。往後，小徑旁一棵棵高大挺拔的椰子樹，路的盡頭那一小塊翠綠的稻田，以及我在那裡度過的美好時光，全在心中化為近乎神聖的意象。

過去三個月，我的生活多半充斥著恐懼、緊繃、飢餓與流離失所，但也有坐在種植園的樹幹上那樣短暫至美的時分。此刻，三個月的飄蕩不安來到最後關頭。這令人動彈不得的瞬間，只要小孩一叫出聲，一切努力便全部歸零，回到起點。

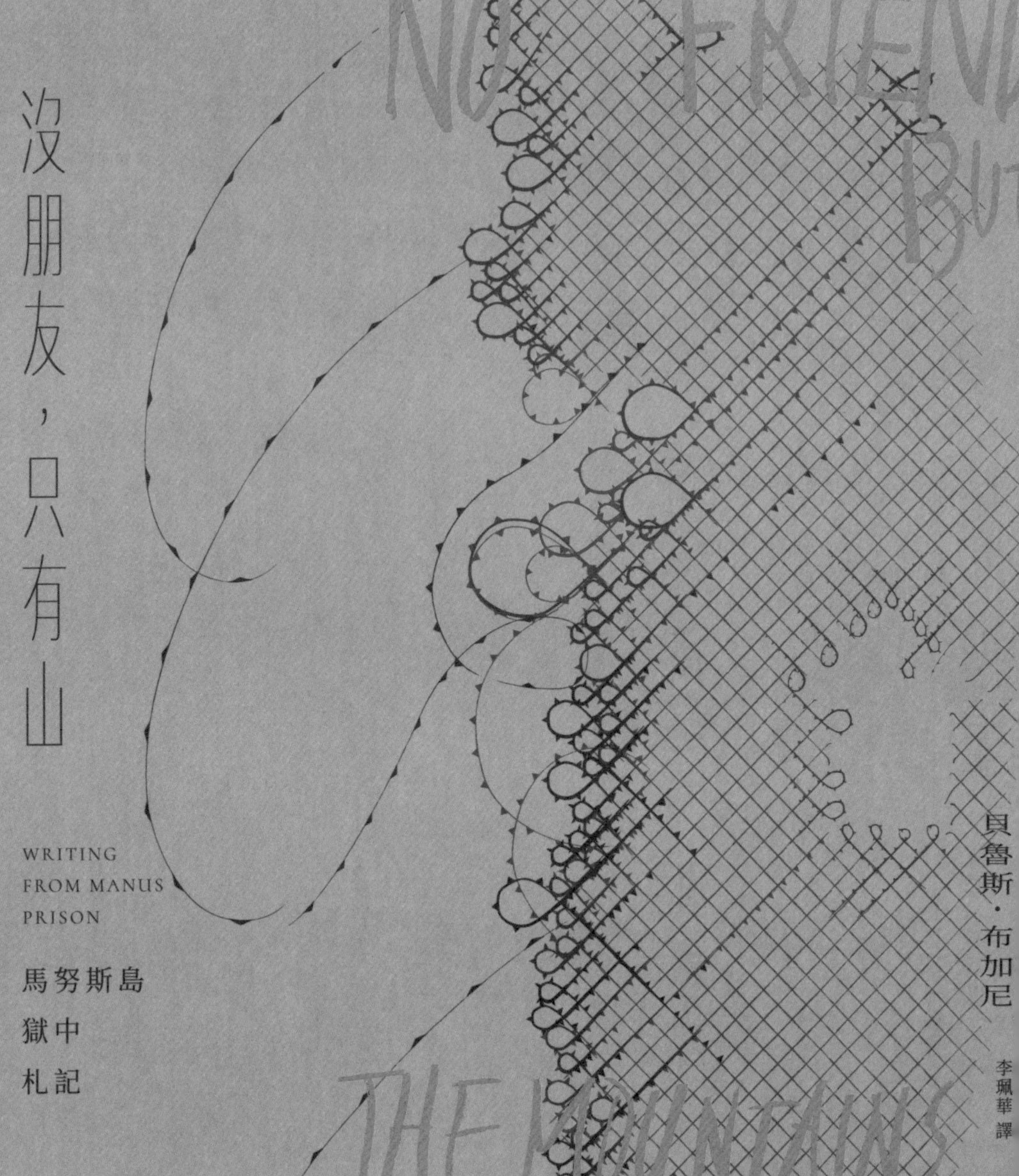

沒朋友，只有山

WRITING FROM MANUS PRISON

馬努斯島獄中札記

貝魯斯・布加尼

李珮華 譯

「囚犯必須決定自己的命運。」

被監禁在太平洋小島五年，
庫德族難民用WhatsApp偷偷寫成的小說，
揭露島上不為人知的殘酷處境。

★榮獲澳洲最重要的文學雙料大獎
★全球二十餘國出版，同名電影即將開拍

南方家

雙擊

陳克華：室內設計

加德滿都詩抄

室內設計

陳克華

所以我安居室內
為即將肆虐的乾旱
培養潮濕
和淚意——

楔子：室內
一個懊熱的夏夢。人群裏
傳出關於青春的激辯
我曲折穿過
走去把窗戶一個一個關上——防止逸失體溫。
你像一種窒息的空氣
充斥在六月天空
遭遇焚風的谷地和鼠蹊，
看罷，戀的焦土
十里、百里

延伸向我們可預見的未來——
所以我安居室內
澆灌那快速繁殖的慾望
為即將肆虐的乾旱
培養潮濕 和淚意——
然而我已是一株不可辨識的植物
早應該撤換的花草，
再無法承擔任何美麗的任務
呵 我活在如此寒涼的室內
熬著一個 緊接一個懊熱的夏夢
人群裏竊語著幻滅的巨響

我筆直走向你
撥開那些次要的
把你洋蔥般一層一層撕開
直到水質的核心顯露
——你砰然頹倒
原來，在我們周圍 方圓百里之內
愛與絕望同義

1

樓梯間

垂直的過道。每個人此上上下下
留下鞋形的泥，氣味
和迴聲
「我已經如此完整而堅實地活過了，」
活過了
活過
活
過了。
天堂如此聽見。

2

床

有兩個大夢並置。飽滿平整
遠遠地 互不干涉
每晚弄皺一次。
兩顆頭顱並置
也不問
流不出的精液和眼淚
都那裏去了——每晚
他們都夢見了一只熟艷的子宮
子宮裏卵和精蟲
安靜地擱淺。

3

馬桶

人類進化未臻完美。
證據之一：
馬桶
的造型特殊。
讓雙臀虛懸久久

雙眼攤盪
思維由下腹努力提昇
至社會版的高度：
渣渣渣渣渣渣渣　滓

4

煙灰缸

以雙手盛接，思想的頭皮屑。
榴火晶瑩
因吸吮而陣陣發紅

之後，重重掂熄
一如在一塊皮膚上洩慾
虐待的
金屬性的快感
刺青般累積，滿溢。

5

傘

吸飽了雨水
擱在遺忘的門後，委屈地
疲軟地

夢遺了。

6

浴室

根據表格
他依序解下領帶、戒指、假牙
眼鏡，信用卡
以及保險套。直到自己完全
浸入透明

為止。他在鏡子前變得
完全溫柔
　淑世
無法辯論以及
勃起。

7

窗

空調進行中。一種淡色的情緒
密閉式地循環
循環 循環
循環

無法飄散，或稀釋……

我開窗吶喊
整棟建築如肺葉般
突然塌陷

世界失聲。

8

椅子

雙膝呈直角。
誰說看風景非得站著？
沙發以雲的質感
　　油彩的陷溺，
大塊堆砌
夢

軟帽，手杖
一些禮節，尊嚴
和短髭。
一個人坐下來 的時候，
不過需要
一張椅子
而已。
（躺下來，如果襯衫不打褶的話
女人而已）

9

電話

一客香蕉船，三分鐘
我們啃食話筒
由兩頭，彷彿比賽誰最先
吃完。

「你就這樣說不愛不愛就不愛了嗎。」
「我沒有說過不愛不愛是不必說的。」

10

鑰匙

成串的意思是，我有好幾個鎖。
許多空間挨近又彼此獨立著
由此推開，
走入了一個和記憶稍符合的身影：

「咦，你有我的鑰匙？」
是呵，你忘了罷
曾經有過一個自由來去的戀人
比真實神秘
比夢簡單——進出之際
拿秘密當作禮物。

11

原子筆

令蜻蜓也感暈眩的，第六根指頭
斜簽在一片潔白
思維的紙面上

旋轉復旋轉
像一架無法起飛的直昇機
的槳翼，繞著拇指
而無法將思想提昇至精神的高處——
急躁，困頓而且
終必滾離桌面。

12

燈

一顆肥碩的果子。長在室內
直立莖
散發白色輻射

如果，是有一種看不見的土壤
澆以電流
便有明亮的文明
如此滋長著：許多向燈靠攏的聚首
　　　許多次澄明終夜的思索
　　　　許多額頭相映——
許多心靈上的超速進化呵
我由衷感激。

13

衣架

肩膀最累。因為許多垂墜
豐滿而纍纍的念頭
如慾望，如翻出的口袋
（證實已被掏空）
只能尷尬地垂掛在外。

然而肩膀最累，
因為亟須撐起 飛昇的頭顱，
粗糙多毛的陽具
在卸去衣物的當時
沉重起來

14

信箱

我的眼光即將射穿他。充滿懷疑
和期待（矛盾地）
在一隻綠袖子的手
撫摸過我的名字之後

我將射穿他，一些訊息陡地
自懸空的立方體當中
爆炸
成無數雪白紙片，雪花般
覆蓋了這一城寂寞的冬的心子。

15

盆景

盆景擺在灰灰的窗前。
種著一小片雲霧
山水，仙人之類的想像
等等。

盆景深綠
種在每一扇窗前，這無法做夢的城啊
平均一個人
擁有十扇窗子
卻整個灰灰的。

16

字紙簍

一張有話要說的嘴。我拚命
填塞 報廢的思考
易開罐的戀情
被明天退回到記憶

「是他見證了我推論過程的各個細節部份……」
價值應在於此。但是永遠
太容易溢滿
　　嘔吐
關於生命
我不知道我亟欲丟棄的部份如此體積龐大
　　　　　　　　　　結構複雜。

啞鈴

地心引力的極限。地球
所允諾的肌肉發育
只是當我被自己
高舉過頂
感覺愈被拉回
泥土。

石榴

我等待爆裂：當我腹內
豐盈的卵逐日充脹
一如紅醜的石榴
咧嘴
我等待成熟
以一種藝術的嘔吐姿態
猛然四處噴濺
散佈 作
品。

19

書桌

位於平原的國。我一覽
我方形的疆野
對峙著書的城牆

讓眾多理念前來於此廝殺罷
自我於此解剖
靈感於此紮營：
神祇們終夜圍伺
我偷竊不走的心思

呵，一個神經質的，自滿復自戀的王哪

20

鏡

一個出口。我對鏡摸索
尋找機關。
「不過另一個相同的世界罷了。」我說
四掌相抵
勢均，但他顯得
冰冷而平板
（所有的憧憬被攝入了二次元）
讓我進來。我說
（也讓我出去）

我煞車不住終於狠狠地
與自己
互撞。

後記：室外

室外有一湖。人工湖。
我問：你為何要躺在如此高曠的地方呢
——
這裏的氣候太乾空氣太髒風景太少
而人類太多……

因為，湖說：這樣
這樣上帝才看得見
地球表面上
有一顆
眼淚。

加德滿都詩抄

陳克華

1

風沙之城

我們坐下來打開菜單
發現菜單上的動物
雞，牛，羊
（還有不在菜單上的狗）
此刻都在窗外吃著垃圾
以及其上，遮掩著垃圾的塵土
我們輕輕抹去餐具上淺淺一層沙
正襟危坐
優雅地吃下
那些正在吃著垃圾的動物

2

極度乾燥（Superdry）

我們穿著極度乾燥
到達一個
沒有人知道極度乾燥
這個品牌的地方

氣候極度乾燥
我們嘴唇龜裂鼻子流血
我們身上的衣物突顯困窘
我們希望它使我們溫暖且潮溼
但必須依然有人會時時注意到
它是極度的

極度乾燥。

3

寺院之犬

狗也沾染人的氣息？——
我們來到寺院
吃吃喝喝，誦經，膜拜
瞻仰過幾座佛菩薩
一隻稍顯襤褸的狗走來
我撫摸他
他的眼神空洞
只挪了挪身子
把他希望被搔抓的位置
對準了我的手掌……

4

路過陌地墳場

有人死了依然是鑼鼓喧囂
眾人的悲愴示範表演
迤迤邐邐過整條街
然後進入泥土和神的國度
烈陽艷豔
屍體很快消失不見
像才落在漠地上的一顆雨滴。

5

異鄉之夢

我不知道在夢中
他們其實都是死人。
他們那麼神采翼翼
和善而勤勉
一逕對我微笑晗首
仿佛，欲語—，而我就是在這個時候
模糊醒來的
異地的旅館不時喪失電力
我昨夜點上的白蠟燭
今晨已然消失不見

6

佛陀關係企業

我們搭上佛陀航空（Buddha Air）
飛往佛陀的故鄉藍毗尼
車子停在佛陀石油（Buddha Oil）加油
一路上不斷看見小攤上佛陀寶寶
一手朝天
一指指地的立像
我們終於下榻在佛陀飯店（Buddha hotel）
一心疑惑
何時可以見到這所有關係企業
的幕後大老闆？

7

草原之霧

彷彿是從大地極細的毛孔裡升起的
萬物收到休息與靜止的指令
這霧，催來了緩行的黃昏
延遲了班機的降落
遮擋了人們
對遠方的眺望——
這霧這樣結實
堅定，守約——
「是因為燃燒稻草的緣故罷？」有人說。
「是空氣裡摻進了沙塵罷？」又有人說。
我堅持這是霧。微涼
溼潤，軟
我因此休息了，靜止了

「這是霧。」我說。

8

走近佛陀

早晨匆匆用過早餐
我們穿過霧的廣大布幕
穿過新植的開花的樹
穿過哨兵和警衛
穿過一路刻意展示的斷肢、殘疾和貧困
才得以進入佛陀誕生的花園

一如我們必須穿過如霧的無明
盛開的虛榮
心中層層的警戒和防衛
以及乞丐一般乞求的眼神

才得以
和真正的自己相遇

9

聖人的故鄉

不能置信佛陀的出生地
兩千五百年來如此貧瘠
仁波切說：這是當初他自己的選擇，藍毗尼……

而耶穌當年傳道的地方
如今卻成了全世界最大的火藥庫
一點就著……

我想起中國的老祖宗們
生前過著苦日子
但
連死
也要庇護著子孫……

10

加德滿都之鴉

在沙塵之城
他們身披黑絲緞
四處驕健地覓食
在我們頭頂發出粗嘎的叫聲
像是大聲咒罵，斥喝
或誇張的呻吟
那麼饑餓又張狂
絲毫不把人類放在眼裡
偶而也在地上行走
漫天煙塵中
黑得像一塊琥珀

11

新年

尼泊爾有五個新年。
我們那天經過皇宮時
正好是咕嚕族人的除夕
人車塞滿了廣場
我困在動彈不得的車上
天色漸漸暗了
我看見美麗的月亮昇起
照亮了雪山
想起是怎樣一個美麗的民族
才會選擇這樣美麗的夜
來結束這一年

有人在燃燒塑膠取暖

文明還沒真正到訪
森林已先消失
冬日大寒來有信
人們只有燃燒垃圾，一點也不浪費地

燃燒垃圾堆裡蜷縮的塑膠袋
取暖。一如我們燃燒自己的脂肪
渡過嬰兒凍斃的長夜
我們懷抱羸瘦的食物
走過眾人懷疑的目光

我們要拿什麼去供養自己？
我丟一把自己鉸下的髮在火裡
聞到肉身被炙烤的香氣
我們沒有勇氣
吃下自己。又活過一天
無人外出的早晨，四野瀰漫
塑膠燃燒的煙霧
美麗悵然的淡藍長帶
被拖入隱翳的雲層
被稀釋在全人類的大氣

文明終於沒有到來
但冬日大寒始終留駐
我們來不及掩嘴輕咳一聲
像是代替地球
朝堅硬的泥裡吐一口痰

最高峰

——「山不在高，有仙則名。」（陋室銘）

我們早早出發去看世界最高峯
我們車行過崎嶇的山路
走過一些被地震震垮久久未復建的建築
看到一些白頭的遠山
和滿地的垃圾

蒙塵的保特瓶和塑膠杯
似乎亟於回歸塵土
但終究不能地悲傷著，總也死不去——
地質學家們發現
這群山峯原來都在海底⋯⋯

我猜想著有一天
當山峰再度沈入大海
保特瓶和塑膠杯依然躺在原處
祈求海水能消化它——

關於我們這群想親見最高峯
而不免為這些山峯帶來垃圾的人
我想起一首詩：

鶯啼如有淚
為溼
最高
花
。

鍾瑤

相對於「科技冷漠」，溫暖是人類的味道之一，那就是肌膚的觸碰，心靈的同等質感受。

攝影師：郭潔渝

姚謙
在很多時刻，我們不能順勢而行，無論是生活還是創作，面對困境，
有一些逆向逆行的精神，通常才會獲得最好的結果。
人物

張貴興

小說的書寫，就是把各種際遇推向絕境和極端，而在灰燼和斷崖上，人類可以更清楚意識到那盞「霧中燈火」、「狂風呼號，雪霧亂飛」的小屋中，靜靜亮起的一輪光華。

零度

伊格言：支離疏

零度・支離疏

◎伊格言

【引言】我是唯一（從未來）逃回，向你報信的人

關於「存在於小說中的論述」這件事，教我最多的是米蘭・昆德拉。

當然了，這與個人偏好高度相關——某些小說家極其厭惡於小說文體中呈現思想，或曰論述；無論該議論自於小說敘事者，或小說人物。他們通常僅著迷於故事。而另一方面，又有些小說家對此顯然相當偏愛（無論其出自於角色或小說敘事者）——上至杜斯妥也夫斯基、托爾斯泰如此，下至勒卡雷、菲力浦・羅斯、唐・德里羅與米蘭・昆德拉亦如是。平心而論，作為一範圍「和語言一樣大」之藝術類別；小說門派既多，愛使什麼招數皆屬個人自由。拳腳、內功、兵刃、暗器皆可傷人，原本無須自我設限。然而「議論」（或約論述，或曰思想）這招，自然直接相關於小說家內蘊之思維儲備與筆力。台語有個傳神的說法：「道理伯」。

道理伯是愛說道理的男人。道理嬸，是愛說道理的女人（好啦我開玩笑的，並沒有這種說法，因為mansplaing畢竟較為常見）。然而無論是mansplaining或womansplaining，內容才是關鍵。有人說起教來味同嚼蠟，有人指點江山卻是虎虎生風，彷彿群鶯亂飛，令人拍案叫絕。昆德拉教會我的是，如果情節之佈置足夠精彩（以其《小說的藝術》中所言——若是那「終極悖謬」確然足堪匪夷所思），那麼道理伯的道理也是說不盡的。這不難理解：如果愛情的道理能夠被窮究講述完畢，那麼也就不會有「像極了愛情」這回事了——你說「像極了愛情」，正是因為你知道自己縱然舌敝唇焦亦無從以言語精準測繪其酸甜苦辣。一言以蔽之，你還真以為自己知道愛情像什麼嗎？你真以為，自己能知道愛情「是」什麼嗎？

「終極悖謬」。那是「道理伯」老昆德拉最初與最終的執迷。他的小說情節指向它，他的「道理」（那天花亂墜、不擇地而出卻又讓人讀來嘆服不已的議論）同樣一往無前地向它趨近。小說情節存在的理由，是為了這悖謬之核心（對，《玩笑》：思想員警舉發了從未意圖謀反的我，而我為了逃離牢獄之災，唯一的選擇就是永遠叛離這個國家；成為一個我原本無意成為的，不折不扣的叛徒）；而小說中的議論存在的理由，同樣是為了以論述將讀者帶往這終極悖謬的……終極悖謬。

《零度分離》是一本屬於未來的小說。這不是比喻，而就是字面上的意思——那是一部出版於西元2284年，由未來的一位深度調查記者 Adelia Seyfried 所撰寫的非虛構寫作。既為「非虛構」，內容原應真實無比，但由於某些年代上的錯置，導致此書的出版商（Vintage Books 與其母公司雙日傳媒集團）對書中敘述之真實性產生了懷疑。然而作者 Adelia Seyfired 卻對此毫不在意：她拒絕給出解釋。她當然有她自己的理由，至少對她自己而言，那是更重要的理由——她個人的「道理」在書中已然表明，她甚至寧可在書末附上一紙與書中重要角色（一位AV業大亨 Adolfo Morel）的對談，也不願意給出版商一個明確說法。而這場對談，正是以我們身處的21世紀初（2020年代）至23世紀之間，長達二百多年的「歷史」為基礎。

那是史學家的回望，也是書中人的見解；同時又是我個人對未來的評估。那是深度報導記者 Adelia Seyfried 對過去的深情凝視（是，《零度分離》中，她凝視著破解了虎鯨語言的動物學家 Shepresa、因反人類罪而被處以虛擬極刑的夢境播放機 Phantom、無可救藥地愛上了不存在的虛擬偶像的葉月春奈，以及隻身遁入了不可思議維度中的失蹤影后郭詠詩），也是我個人對人類文明未來的預言——類似艾西莫夫（Issac Asimov）「心理史學」（Psychohistory，《基地三部曲》）那樣的思索、運算，以及預言。此處，一段文明被三種時間所共用、同屬於三個曖昧的時態中。我無法不想到《百年孤寂》那被引之再引的小說首句：多年以後，面對槍決行刑隊，奧瑞裡亞諾·布恩迪亞上校將會回想起父親帶他去尋找冰塊的那個遙遠的下午。

三種時間。三個時態。Adelia Seyfried 如何寫下那些？我如何寫下那些？我想那或許是因為，我正是唯一自未來逃回，向你報信的人。

美國 Vintage Books 出版公司暨雙日傳媒集團公開聲明

A Public Statement by Vintage Books Publishing & Double Sun Media

尊敬的讀者們：

如您所見，本書作者 Adelia Seyfried 為我們帶來了一部精彩絕倫的報導文學著作。我們深信，《零度分離》幾可確定繼《魔都之死：21世紀的跨國戀情與婚姻》、《路燈》、《天使之翼：人類幻覺史》、《資訊戰：邏輯、因果、意識形態與情感公理》等名著之後，位列於我們這個時代的報導文學暨史學經典接班梯隊之中。然而同樣如您所見，本書中六則專文，其調查、採訪與撰寫年代，多數約分布於23世紀 2240 至 2280 年之間；而〈霧中燈火〉一文是唯一例外——其所牽涉之「地球覺知」邪教教派，據作者 Adelia Seyfried 文中所述，其明確運作時間為21世紀 2032 至 2039 年間。我們無法否認，這必然啟人疑竇：作者 Adelia Seyfried 之真實身份究竟為何？若事實確如書中所言，作者曾親自訪談諸多相關人物；則〈霧中燈火〉一文豈非間接證實：作者本人之生命存續跨幅，已長達二百年以上？外界合理懷疑，此刻以此豐碩成果令我們為之震懾的作者 Adelia Seyfired，或許並非真有其人？抑或恰如許多人所臆測，Adelia 並非真人，而是一寫作AI？

您的疑問，同樣也是 Vintage Books 出版公司編輯部門的疑問。事實上，於能力所及範圍內，我們已盡力查證，試圖釐清事實。關於此點，作者本人固然有其說法；但我們也終究必須坦承，於此，「精確查證」顯然超出我們能力範圍之外——我們努力經年，依舊未能獲知最終真相。

這是我們力有未逮之處。我們願為此向讀者鄭重致歉。但即便如此，我們深信，這並不能全然抹煞此書之價值以及作者本人之成就。我們始終認真看待己身職責；對於出版從業者的專業倫理，我們本於良知，兢兢業業，未曾或忘。為求慎重起見，根據調查結果，我們（亦即 Vintage Books 出版公司）與母公司雙日傳媒集團聯名，特此聲明如下：

一、我們有充足理由確信，作者 AdeliaSeyfried 確有其人；因為經審慎查證後，我們已知曾有超過一位 VintageBooks 編輯部同仁於同一場合、同一時間與其會面。

二、本書作者 Adelia Seyfried 曾明確表達，不希望任何人、任何單位代她向外界透露其年籍、人種、真實姓名等任何個人資訊。我們本於職責，對此表示高度尊重並配合。

三、據編輯部查證，本書中六則專文，除〈霧中燈火〉之外，其餘五則中所述人物、歷史事件等，均確有其事；其內容應無疑義。

四、而〈霧中燈火〉一文所述內容，包括距今二百多年前之「地球覺知」教派、「審判日大屠殺」，以及 AaronChalamet、Eve Chalamet 等相關人物，經本公司編輯部查證結果顯示，並未見諸任何史料。換言之，我們無法確證其所述為真；亦無法證實作者 Adelia Seyfried 對此任何相關發言之真實性。

五、除堅持含〈霧中燈火〉在內的六則專文必須以此一形式載錄於同一書冊、共同出版之外，作者 Adelia Seyfried 已婉拒對此一疑義另行說明；亦婉拒修正或刪改〈霧中燈火〉一文。

六、基於上述事實，幾經思考評估，我們決定尊重作者意願，依其要求完整出版本書——包括六則報導專文，以及書末對談〈我有一個夢：於神意之外造史—— Adelia Seyfried 對談 Adolfo Morel〉在內。我們尊重作者 Adelia 與對話者 Adolfo 於文中的任何表述。同時我們亦經作者同意，邀得英文教師兼小說家 Mike Morant 為此書作序推薦。Mike Morant 為書中篇章〈再說一次我愛你〉核心人物鯨豚科學家 Shepresa 之子，於 2269 至 2270 年間曾與作者數次會面接受採訪；換言之，他本人亦可說是本書作者 Adelia Seyfried 真實存在的人證之一。而他願為本書作序，亦可視為書中除〈霧中燈火〉外其他篇章真實性之旁證。

七、同樣於徵得作者 Adelia Seyfried 同意後，我們以此出版聲明表達立場，並向讀者如實說明如上。

您誠摯的

美國紐約 VintageBooks 出版公司編輯部

美國紐約 VintageBooks 出版公司總編輯 Jed Martin

美國紐約 VintageBooks 出版公司執行長 Vincent Ou-Yang

美國紐約雙日傳媒集團控股公司

西元 2284 年 4 月 22 日

支離疏：【九首】

1

黃昏滅去時
感覺空氣在黑暗中流動
明滅不定的視覺裡
沒有任何一種 適合愛人的節奏
但愛終究如此濕冷啊
雨束襲擊著
心的潮汐
這寂寞又黑暗的世界啊
貝貝，你是我音樂的眼睛[2]
然而你沒有奪走我的心，你沒有
你只是寫了一篇 關於柏林的小說：
寒夜地堡
廢棄倉庫的塗鴉
解剖臺上輕輕旋轉的鮮花。
咖啡館外，打火機叮叮作響
菸頭明滅不定 黑暗中，
鈴聲去而復返
隔日便杳無蹤跡的車轍痕遲疑徘徊在
雪泥地上

然而你沒有奪走我的心，你沒有
你只是寫了一篇 關於柏林的小說：
寒夜地堡
廢棄倉庫的塗鴉
解剖臺上輕輕旋轉的鮮花。
咖啡館外，打火機叮叮作響
菸頭明滅不定 黑暗中，
鈴聲去而復返
隔日便杳無蹤跡的車轍痕遲疑徘徊在
雪泥地上

2

「被世界遺忘是一件好事嗎？」
你問，撒嬌般的
嘴唇和眼睛
但我無法回答
我正困處於黑暗中，不能說話
而你的髮間 熾烈的，黑色的風
雨珠擊打著玻璃窗
城市閃爍的燈光擊打著玻璃窗
心與心的碎片擊打著
玻璃窗，窗上
無數朦朧的，异色的果子……

3

我領著一群盛裝的貴族
幾位三弦琴的樂手
打啾啾領結的精靈與獨角獸
搖晃著光禿頭顱的外星哲學家們
鎮日忙碌著

貝貝，為了你忘記告訴我的那件事
我已這樣排演了一整個夏季

4

如何成為一隻獨行的狼？
當季風吹過
花開滿曠野
去年的死亡在
雪與冰中融化
枯草葉沙沙親吻小腿
傷痕在心上降落，
如此 親切纏綿
風中我凝望遠方——
世界啊，你像一個
一再失約的人

5

神祇離席後，輕輕擁抱
心之島嶼

暴雨之洋，無所不在的造物者啊
你是我廢棄的生命裡 唯一的同謀

6

7

後來，天色就暗下來了
那是雨的預兆，就像
你的表情是雪的預兆
你的手指是黑色苦楝樹的預兆
你的髮梢 是暴雪的預兆
你的瞳孔是罌粟花海的預兆

而愛情是昨日與死的預兆
昨日之我是今日之我的預兆
詩是破碎與腐爛的預兆
我是
你的預兆

8

「許久以後，」你說：
「我將記得曾看見你垂頭行過門廊……」
是的，如街燈之隊列
一盞接一盞亮過
孤寂的冷夜，而後
盡數滅去

影子的暴雨啊
根的妄想——
貝貝，此刻請觸碰我
撫摸我濕漉漉的嘴唇、濕漉漉的頭髮
你知道，在未來的每一種記憶裡
這已是最終的神祇
最後的凝視

而此刻雪又落下來了
我的小屋正困處於
昏黃的黑暗
心理分析師眉頭深鎖，試著揣摩
愛的定義：
「所愛者亦即——你必將之理想化
而終不可得；且必
憂慮其消逝，懼怕其死亡……」
火花微弱
光與影圍繞著街燈
（後者正垂頭思索
發亮的意義）
我正想著，這世上沒有什麼
比雪更燙
沒有什麼冷過
墓碑上的鮮花

9

我有一個夢：於神意之外造史一
Adelia Seyfried 對談 Adolfo Morel

I Have a Dream – Making History beyond the Divine Plan, a Conversation between Adelia Seyfried and Adolfo Morel

Adolfo Morel

男，Funny Bunny 與 Exotica 公司創辦人，色情電影大亨，2199 年 7 月 4 日出生於美墨邊境索諾拉州埃莫西約（Hermosillo）。2221 年獲墨西哥國立自治大學（Universidad Nacional Autónoma de México）經濟學碩士學位。2223 年創辦 Funny Bunny 公司，自任 CEO，以產製低成本小眾 AV 起家。2230 年代起擴張成功，Funny Bunny 分公司與相關通路已遍布世界各國。2246 年起以類神經生物技術為基礎，主導建立奇幻極樂（Ecstasy Fantasy）色情表演資料庫，開創 AV 低成本客製化時代；舉凡各類小眾性癖、個人極私密或極怪異之性偏好，無分男女、同志、異性戀或雙性戀，甚或第三性、第四性，各類 LGBT，均能透過此 AV 低成本客製化模式，以極低費用獲致滿足。此創舉將 Adolfo Morel 之個人聲望推向高峰。2250 年 8 月，Funny Bunny 公司於紐約 HeChan 交易所上市，首日股價最高上漲至掛牌參考價之 612%，創下該交易所成立以來上市日單日漲幅紀錄。2251 年，時年未滿 52 歲的 Adolfo Morel 被美國大西洋月刊列名為「50 年來改變世界 50 人」之一。2252 年與前女友涉入該公司內線交易案，雖經判決無罪，仍遭該公司董事會拔除執行長職務。2255 年，由日本名導松山慎二執導，以其個人私生活、開創 AV 帝國、及至身為 AV 客製化教父，並涉及內線交易案為題材之半紀實電影《無刀不剪》上映，大獲好評，叫好叫座，亦令其個人知名度再攀顛峰。2256 年於美國紐約另行創立 Exotica 公司，於色情電影領域持續耕耘。現任該公司董事長兼 CEO。

Adelia Seyfried

記者，作家，《零度分離》作者。

Adolfo Morel：

先從一似乎不相干之事說起。我首先想到的是，對於我之前的至少兩代人而言（對，我說得保留；因為事實上不僅如此；或許包括我這一代，或再下一代，上下約計四、五代人均受此影響），上世紀，亦即22世紀，人類文明最重大事件之一，極可能正是2154年人類唯一優先原則之確立——無論是〈種性淨化基本法〉之立法，抑或是〈智人物種優先法〉（反反人類法）第22號修正案的通過，無疑影響了往後文明樣態至今。而同樣無須諱言的是，當時已有眾多論者主張，「人類唯一優先原則」之明文立法，其對生化人、AI等其他類人物種權益之損害或剝奪，無疑是人類文明史上的重大污點之一。

此點且按下不表。就我個人而言，拜讀您的《零度分離》，簡化地說，我讀到的是「受苦者之群像」。這話由我來說或許有些怪異，甚至好笑——是的，我自己都難免感到可笑；因為何其有幸（或何其不幸），我所從事的行業，直率地說，是一個專注於享樂，並意圖以性的享樂掩蓋所有其他生之痛苦的行業。然而您與我截然不同。您專注於這些無所不在的痛苦，專注於這些在時代巨變的傾軋中扭曲、粉碎、形銷骨毀的，面貌真實的人。他們絕大多數都是人類。而在書中，幾乎不存在他們與生化人間的互動。您顯然並未在此多做著墨。必須強調的是，對此我無意批評——事實上，於《零度分離》中，我同樣讀到對人類（更準確地說，幾乎是任何人、任何事）毫無保留的凝視與同情。我甚至動容於這些人與故事為您個人帶來的困惑與掙扎。我的個人判斷是，我深信您這樣深沉的同情，必然同時於跨物種之間存在；不可能僅存於人類彼此之間。是以，請容我以這樣的聯想作為此一提問之引子——我的疑問是，您對「人類唯一優先原則」此一歷史事實的看法為何？您和鯨豚專家Shepresa一樣，是堅定的動物權利護衛者嗎？您是如何看待其他您甚少提及的類人物種的？您關注生化人的痛苦嗎？而同時請容我如此懷疑：您是否對類人物種有所迴避？何以如此？此點是否與《零度分離》本身的寫作有關？

Adelia Seyfried：

您的問題對我極有意義；我也可以想見，對您自己而言，必然也極有意義。但恕我直言——對這個世界而言，那並不見得如此有意義。

但這點待會另再詳說。首先必須向您誠摯說明的是，《零度分離》中並非對人類以外的其餘類人物種毫無著墨——在我的認知中，這並非事實；至少〈夢境播放器AI反人類叛變事件〉就直接以夢境播放器AI為傳主。然而您竟忽略了這件事。我的想法是，我們之所以常暫且「忘記」AI同屬於類人生物之一，顯然是因為它確實比較「不那麼像」一點——與生化人相比，它確然離我們人類更遠些。這樣的忘記並不奇怪——我必須指出，我們人類確實就是如此看待其他物種的。直覺上你不會「突然想到」夢境播放器 Phantom 也屬於類人物種，因為它們還真是長得一點也不像人。而生化人呢？

——在外型上像多了。所以我們不會忘記他們是類人物種；所以我們直覺預設，他們與我們血緣更近。我在說什麼？我正在回應你；同時試著指出「人類唯一優先原則」的合理、恐怖、媚俗與虛妄之處。

事實就是這樣。對，它如此恐怖，因為它完美體現了人類文明毫無保留的自我中心，近乎無恥。我承認這與激進的動物權利倡議者 Shepresa 對人類文明的嚴厲抨擊約略同義。而它同時既合理又媚俗——它無比合理，因為這完全符合人類的主觀直覺（長得像我的，才是我的同類）；它也無比媚俗，因為，正因如此無限貼合人類的主觀直覺，是以絕大多數人類對此，沒有一點想要修正的意思。

讓我們試著為此種現象尋找一些理論依據。早在20世紀，法國精神分析家拉岡（Jacques Lacan）已然以鏡像階段（Mirror Stage）理論指出視覺於人類「建構自我」的過程中扮演的重要角色。人類的「自我」並非天生——於初生階段，嬰孩所擁有的只是破碎而凌亂的感官匯聚。無論是飢餓、寒冷、飽足、溫暖，各種適與不適，都是零碎的，無法被理解的，並不歸屬於一「自我」。人類之所以能覺得有一個「自己」（對，每天早上清醒過來，睜開眼，定定神，想起自己身在何處、自己是誰——那時，「自我」就出現了），是必須經歷一段「鏡像階段」的。於此一階段中（依據精神分析師 Meera Trivedi 與神經學家刁念晨統計證實，普遍發生於人類嬰孩4至36個月大時），嬰孩藉由與外界的互動，藉由自己的視覺、聽覺等感官經驗，逐漸察覺他人將自己視為一「完整個體」；從而建立「自我」之概念。而你之所以無法清晰記憶嬰幼兒時的親身經歷與個人歷史，正因為當時你的「自我」尚未完整建構完成。

這早在鏡像階段理論中已經初具雛形，其後於腦科學研究方法的類神經生物轉向後，業經上述分析師刁念晨與 Meera Trivedi 實驗證實。是的，人類是如此對待以及「覺察」自己的——高度仰賴視覺，以及粗淺、有限，信度效度皆極可疑的其他感官。很不幸地，人類同樣是如此對待他人，以及其他物種的。這就是人類用以區分「自我」與「他者」（異類）的方法。所以原則上，人類只關心自己；而如果有那麼一點點餘裕，那麼我們或許關心他人；而後旁及其他「長得比較像人」或「感覺比較像人」的類人物種。如果還有那麼一點點殘存的智慧，我們才會再將「長得不那麼像我們」的其他「東西」列入考慮。當然，多數人缺乏這樣的智慧；或說，根本毫無克服自身直覺限制的可能性——虐狗、虐貓、虐嬰、殺人令人憤怒；但大多數人在打死一隻蟑螂或蚊子時，常是毫無遲疑的。

這就是人類智識的天花板，人類文明的先天限制。我願大膽斷言，數世紀以來的人類文明史，就是一段人類認知並承認自身侷限的思想史；而「21世紀左派大論戰」的理論脈絡，同樣源自於此——是的，該論戰直接從屬於此一極重要之思想伏流——由法國年鑑學派、卡爾．波普（Karl Popper）的「可證偽性」理論、佛洛依德、榮格、拉岡等精神分析大師伊始，途經理查．道金斯（Richard Dawkins）《自私的基因》、史蒂芬．霍金（Stephen Hawking）「依賴模型的實在論」（Model Dependent Realism，MDR，於21世紀初《大設計》一書提出）[註解1]、丹尼爾．丹內特（Daniel Dennett）的心智哲學、21世紀左派大論戰、Meera Trivedi以及刁念晨之著名實驗，終至今日。其結果已昭然若揭——我們幾可定調：始自19世紀馬克思的左派與右派之爭已然終結，而其之所以全數失效，正是因為左右兩派各自忽略了人類文明中某些不可迴避且不可更易的面向。

由於特殊的個人歷史，我曾親眼目睹一場慘烈無比的屠殺。我曾親見無數生靈在那死亡的烈焰中消失，粉碎，化為輕煙，化為灰燼。我該如何看待此事？「人類唯一優先原則」或〈種性淨化基本法〉又是什麼？我的家庭教養使我無法停止追索這樣的問題；然而我終究明白，這樣的思索在漫長的演化史與人類文明之眼的凝視之下，極可能並無意義。如果您在《零度分離》中讀到我的凝視或同情，那麼我必須補充：那同時也是我的自艾自憐。直白地說，我既無資格、也並無義務負擔這些凝視或同情、這些困惑與掙扎。彷彿蹲坐於一暴雨的海岸書寫一封只給自己的瓶中信——在一切的終局面前，也許那就只是自憐而已。

Adolfo Morel：

您提到「21世紀世紀左派大論戰」，這令我極感興趣（當然，難以否認，我對您的個人歷史也相當好奇）。您知道，我以色情片產製起家，長期於此一領域耕耘；我尚且在此找到了自己的成就感，尤其是在客製化AV技術革命之後。運用逐漸發展成熟的類神經生物技術，我建立名為「奇幻極樂」（Ecstasy Fantasy）的類神經生物表演模組之資料庫——這使得任何素人，只要植入此一表演模組，都能大致掌握相關表演技巧。我們的技術革新成功降低了客製化AV的成本。當然，這是商業行為，我的Funny Bunny公司因此獲得巨大成功。然而我必須說，那同時是我的使命——為任何人，任何性少數（尤其是性癖上的少數），甚至任何性幻想提供一種可能的滿足。

我無意神化自己的行為。是，它當然使我獲得驚人的商業利益；但說我同時獲得完成使命的快樂，那同屬肺腑之言。「性」作為人獲取幸福感的重要泉源之一，卻又神秘地在人類文明中與家庭、婚姻、習俗，甚至政治、外交產生聯繫——它既可以是目的，又可能是手段。而人類社會亦就此相當程度剝奪了性少數（性癖少數）或性弱勢（性癖弱勢）的自由。我很高興客製化AV技術革命部分解決了此類問題；我何其自豪曾於其間扮演一小小角色。當然，同樣令我感到榮幸的是，為了松山慎二導演與他的《無刀不剪》，這段關乎類神經表演模組的歷程也被您記錄於《零度分離》中。

這是我個人的虛榮。然而從另一方面說來，在當時，我個人在商業上的成功並沒能徹底解決性少數或性弱勢的問題——客製化色情產品確實只解決了「部分」問題而已。容我直言，難道戀童癖不是性少數兼性弱勢嗎？難道那些癡迷於窒息式性愛、血腥凌虐式性愛，甚或殺人性愛的變態者，不也該有屬於他們的性愛人權嗎？

但基於現實限制，我們依舊無法滿足他們。我們不可能為他們招募兒童進行色情片拍攝；我們當然更不可能拍攝真正的「殺人性愛」影片。事過境遷，我願在此坦承，在當時，這使我沮喪不已。我的想法或許離經叛道，但至今未變。值得慶幸的是，由於夢境技術的飛速進展，此一問題後來被以「非法夢境」的方式（亦即此刻已被立法禁止的事件式夢境治療）極小部分地解決——正如您於〈來自夢中的暗殺者〉章節中所提。當然，部分解決，但依舊非法。而當我讀畢《零度分離》中另一篇章〈餘生〉（正是我的舊識松山慎二導演與影后郭詠詩的故事，帶著鬼魅般的神秘激情），我不禁聯想到，未來的社會，一百年後、甚至數世紀的文明，將如何理解並處理這樣的問題？我們的後裔將如何評價我們？此「事件式夢境治療」是否可能峰迴路轉，再度合法？我們有可能像〈餘生〉這樣（設若松山慎二所言一切為真），以全新技術成功提升人類的幸福指數，甚或徹底滿足人類的任何慾望嗎？那在傳統左派或右派論述中該如何定位？

又或者——容我如此臆測——那是否終將指向道德規範或社會規範的全面崩解？

Adelia Seyfried：

讓我先稍作整理。我認為您的提問相當犀利；因為就我理解，您事實上是在問：人類是否有可能（以任何方式）排除前述之自身文明之限制？是否有可能（以任何方式——當然，於可見範圍內，或許是科技）突破人類文明的天花板？

這是個非常艱難的問題（笑），已遠超我個人能力之外了。我不認為我能立刻給出夠好的回答。所以，請讓我闡述一些個人經驗權作回覆吧。

我出身於21世紀北美洲一傳統基督教家庭；我的父親是位極有個人魅力的傳道者。由於父親長年從事神職，待人接物正直溫和，盡忠職守，受人景仰；童年時，幼小的我的志向，也曾一度是侍奉上帝。然而自青少女時期開始，原本興致盎然地研讀神學經典的我同時受到當時的左派社會主義思潮吸引。我為傳統左派中的人道精神而動容——不可否認，對受苦者、被剝削者、被侮辱與被損害者的同情是左派的重要核心（當然，對當時的我而言，它同樣存在於基督中，存在於「神愛世人」裡，存在於聖多瑪斯．阿奎那與聖奧古斯丁的深沉思索中）；而類似馬克思「下層建築決定上層建築」這樣開闊的、啟示錄式的視野同樣令人心嚮往之。我想這或許是我天性的一部分？如果要為《零度分離》中您所提到的「受苦者群像」尋找我個人思想上的根源，我想或可追溯至此。

然而青少女時期的我終究很快離開了神。不，這麼說並不準確；當時我並非徹底「棄神而去」；準確地說法是，我很快「棄教而去」。我不再服膺於教會。我對人類文明的常態與變貌產生興趣——我著迷於知識，為人類紛繁多樣且難以逆料的行為心醉神迷；且不可免地在唯心與唯物之間擺盪。在此所謂唯心與唯物，早已不是上述單純粗淺的「神」與「歷史唯物論」的區辨而已；尚且包含了其他眾多論述——例如精神分析、演化論、《自私的基因》與上述霍金的「依賴模型的實在論」（MDR）。是以我也很快發現，唯心與唯物的劃分既幼稚又可笑——說穿了，這樣的區分僅能存在於人類歷史的特定階段；那是特定時空環境下的產物，是各類歷史因素的聚合導致的特殊例外。換言之，與其說那是個問題，不如說它是個暫時的必然現象。而在此一歷史階段之外，此一難題則必將不復存在（正如於馬克思之前，人們並不為此激烈論辯；而時至今日，人們也早已無須為此論辯）——因為在未來，科學與文明的演進將自然解決此事。

那是21世紀中葉，我最初成長的時代；距今已有二百餘年之久。那是個什麼樣的時代？那是個蘋果手機（啊，如此鼎鼎大名的「歷史遺跡」！）剛剛問世不久，缺乏夢境技術，生化人並不存在於人類日常生活中，所謂「類神經生物轉向」也令人難以想像的時代。然而那並不是個荒蕪的時代——早在當時，人類也已然逐步展開了自己的幼稚的，萌芽期的智識覺醒。舉例，文獻載明：在當時，科學界早已懷疑，藍鯨（Balaenoptera musculus）的大腦中，有某一特定區域掌管著某種特定情緒；而此一區域於人類中樞神經內並無對應區域——換言之，對於人類而言，該種情緒極可能永遠無法理解。粗略言之，這是側面證實了「依賴模型的實在論」。而人類對因果律的永恆執迷也已進入更深層的學術研究領域——心智哲學、數理邏輯以及資訊科學領域。

這樣的智識思索，無論是對人類文明，抑或對我個人而言，都帶來了意料之外的衝擊。如前所述，年輕時代的我已棄教而去，但仍在自己心中為神保留了一個重要位置。而後，不知為何，奇想在我心中逐日萌芽：設若真如佛洛依德所言，「神」只是人類心中對不可抵禦、不可測度的恐怖命運的解釋，一種滿足人的「因果律執迷」的方便說法；那麼，是否可能藉由這套人性弱點，反過來破除這樣的執迷？

這聽來或許不可思議，然而請容我稍作闡釋：我以為，佛洛依德於《一種幻覺的未來》中的論斷無疑是正確的：對我們的部落先民而言，最令人驚懼不已的，是那些無理由、無規律、無因果，不可預期的災害——暴雨、洪水、地震、雷擊、雪崩、野獸與瘟疫——一言以蔽之曰，命運。對此，什麼也不懂的先民們需要一個解釋。而如果我們將這些變動不居的禍福歸因於一「人格化之對象」，亦即是神，那麼我們在情緒上多少會覺得好過些；因為這時，你就知道該怎麼和祂「相處」了。

怎麼相處？是的，例如「獻祭」。獻祭就是一種相處的方式——當然，這是與「凶神惡煞」之間的折衝與妥協了。或者把這位祂想像得良善些、溫柔些亦無不可——例如禱告、祈求、擲茭問事。對，此即是神的由來。而其最根源處的邏輯，正是人對因果律的執迷——人的心智運作，一切以因果律為基礎；沒有因果，人即無法思索（沒錯，你可以就地實驗：自此刻起，拋棄一切因果關係，嘗試看看能否開展任何思維或論述）。人絕對需要因果，需要一種或數種基於因果的解釋；這是演化所賦予人之心智不可免的結果——所以我們有了神。

這點與馬克思言及「宗教是人民的鴉片」實為異曲同工。宗教之所以能成為人民的鴉片，正是因為人類心智拒絕拋棄因果律；而有一個解釋這件事總能在機運的茫茫大海中撫慰人無邊無際的惶惑——無論這解釋是否為真。21世紀初期，年輕時代的我已然看透此事，但如我所言，我並未棄神而去；因為我明白，無論是人的恐懼、脆弱，抑或人對因果律的信仰，都是完全無解的——一如荒野之雪、地平線上的落日般毫無理由。這是人之心智必然的種性特徵。你不可能消滅這樣的種性特徵；至少在當時絕無可能。然而，當時年輕的我卻突發奇想：如若人對那不可控之萬事萬物（亦即命運）的畏懼，以及對因果律的執迷原本便無藥可救，那麼，是否可能利用人類此一無法迴避的弱點（或說特點），將之導向完全相反的結果？

此即是「地球覺知」教派之遠因——我生命中的重大轉折之一。是以在此，容我以此個人經驗為本，試著回覆您的提問：人類是否可能（以任何方式）排除前述加諸於自身文明之限制？我的回答是：許久以來，人類早就一直在嘗試這麼做了。

真是這樣嗎？確然如此。例如，基於基因所驅動的繁殖需求（是的，那「自私的基因」無止盡自我複製的定則），人有性慾，亦因此而受苦。這不正是您—— Funny Bunny 創辦人，奇幻極樂（Ecstasy Fantasy）色情表演資料庫創始者 Adolfo Morel ——所持續耕耘的領域嗎？

而人類如何解決此事？最早的解決方式，是佛法，是「色即是空」，是「無眼耳鼻舌身意」，是冥想、修行與「本來無一物」。這如今聽來既陳舊又可笑；然而在當時，在我成長的年代，那卻是唯一解。對一般俗眾而言，它自然既荒謬又艱難；因為與其嘗試參透智者的拈花微笑（何其高深莫測！），大約也不如打一針荷爾蒙或化學製劑來的有效。活躍於20世紀末、21世紀初的法國作家米榭・韋勒貝克（Michel Houllebecq）早已寫盡了人類受性慾驅使，可憐、可悲復可笑的一生；而稍早於此的德裔思想家馬庫色（Herbert Marcuse）也早已以《愛慾與文明》提出接續於佛洛依德《文明及其不滿》之後的尖銳質疑：何以人必得如此自我壓抑？人類必須壓抑、規訓、禁鎖、扼殺愛慾至何種程度，才得以創造文明？

是的，壓抑愛慾乃是創造文明所必須；因為若非壓抑愛慾，則人類將徹底淪為基因自我複製的繁殖工具，沉淪於無止無盡的性交之中。那正是日本古典名作《感官世界》的核心（何其快樂！何其飽滿又虛無），也是數世紀以來人類漫長如夢的精神啟蒙所發現的奧秘之一。是以在那之後，人類接續主張性權，VR（虛擬實境）席捲世界；性交易於全球範圍內除罪化、合法化；在某些實施無條件基本收入制的國家，政府甚至將每年一定次數的性交權編列其中。換言之，性權等同於基本收入。數十年後，性愛機器人研發成熟；其後，22世紀末葉，亦即距今近一百年前，人類迎來了「早期夢境技術」。

這是人類文明史上首次驚覺自己可能克服那些與生俱來的先天弱點——儘管早期夢境技術既昂貴又充滿限制。是的，Adolfo Morel先生，這確實是屬於您的歷史——您必然比我更為熟悉，因為那都是您的同行，您的先行者，您的同道中人。我們都知道，由於早期夢境技術發展初期，類神經生物技術尚未完全成熟，是以其應用限制在於，人類無法憑空產製夢境，僅能自現有人類夢境中蒐集各類素材。換言之，以色情行業觀點而言，人類無法憑空生產春夢，僅能自既存人類春夢中蒐集各類素材。這當然是嚴重缺點；同時也造成對相關從業人員的嚴重剝削。一如20世紀某些醫療資源匱乏時期那些賣血的血牛；早期夢境技術的限制同樣造就了大批以販賣自身春夢為生的色情夢境供應商個體——他們逼迫自己鎮日浸淫於AV、色情圖片等性產品中，無日無之，且不被允許任何生理上之宣洩，只為了帶著這些性元素、性刺激入夢，無止無盡地生產春夢素材。

然而我必須說，此一技術儘管如此粗陋，卻反證了21世紀中葉左派大論戰的重要性。我以為那即是數百年間，人類智識啟蒙最後、且最重要的一塊拼圖。質言之，正是因為此次左派大論戰，人類文明才為其後出現的早期夢境技術，以及科學研究上的類神經生物轉向奠定了基礎。對我而言，左派大論戰最有意義的結果是，無論左派、右派，其核心思想或各類衍生分支，眾人終必承認，人類，所謂智人（Homo sapiens），男人或女人，LGBTQ，均共享某些人類所共有的種性特徵。而這些作為幾乎所有痛苦與快樂之根源的種性特徵，於正常情況下終其一生難以迴避。此事完全形塑了人性以及人類現今文明之形貌（自道德與法律預設——例如聖多瑪斯．阿奎那的「永恆法」與「自然法」概念；及至資本主義與金融制度——以人類個體間的利益交換為基礎；以迄大眾文化、政治抉擇與迷因傳佈——多半以感官刺激或愉悅為量度標準），是以，當然也完全形塑了文明的種種苦難與缺憾。也因此，這些社會中遍在的苦難與缺憾，無法根除；除非我們嘗試徹底改變人類的種性特徵。

也正是因為左派大論戰所形成的此一共識，遂為人類其後的文明變革（以「類神經轉向」為其科學基底）奠定了思想與意識形態上的基礎。現實的殘酷無可更易：人類終究必須正視自身的固有限制，也才得以超越限制。於此一角度觀之，論戰的勝負早已無關緊要（事實上，於論戰中，絕大多數論述的失敗都來自於不肯正視這些人類固有的特色——無論該論述被歸類為左派抑或右派，女性主義抑或父權，政治正確抑或政治不正確）。真正重要的，就是早期夢境技術與其後的類神經轉向。也或許正因如此，我想作為「客製化 AV 技術革命」之王的您，或許也能自豪地說：「接下來，就是我們的事了」吧。

Adolfo Morel：

聽您這麼說，我心中一時千頭萬緒，百感交集。然而我的百感交集，與我自己有關，也與您有關。

也請容我詳加說明。首先，您也看到的是，就在我個人有幸親身參與的客製化 AV 技術革命之後（是，其間辛苦、波折不足為外人道），這二三十年來，世界同樣發生了意料之外的巨大變化。夢境技術本身的演進使得您提到的變態性癖（變態性少數）問題獲得了解決的可能性。此刻，它已不再如百年前的早期夢境技術那般粗陋且限制重重。此刻，人類已可憑空產製各類夢境，而無須再依賴現有素材。當然，目前這是非法的，而且依舊昂貴——事實上，正如您於〈來自夢中的暗殺者〉中提及，幾經波折後，此類事件式夢境治療此刻已被明令禁止。如果我們意圖以人權之名對抗此一禁令，那麼顯然需要進一步法哲學上的論辯與制度上的修改，甚或涉及社運與政治操作。但無論如何，從幾年間「非法夢境」之製造商依舊前仆後繼、難以根絕這件事看來，或許鬆綁終是時勢所趨？禁令是否終將被撤回，而此事件式治療終將入列於人類文明鉅變之行伍，融入成為其中一部分？

這很難說吧？不知您對此看法為何？

而另一與您直接相關的問題（我想這也將是讀者們、一般知識大眾與媒體的熱議焦點），則顯然牽涉至您的身份與個人歷史。方才您已直接提及「地球覺知」教派；您甚至暗示了您確曾親睹〈霧中燈火〉中敘寫的，慘烈無比的審判日大屠殺。然而就我所知（是，我個人所知與旁人無異）——無論是「地球覺知」教派、謎樣的審判日大屠殺，抑或其餘相關人等，諸如當時的倖存者 Eve Chalamet 或教主 Aaron Chalamet 本人，一眾資料，均未見諸史冊。換言之，此事並不存在——除了於《零度分離》書中實存之外。

或許我如此率直的提問終究對您構成冒犯？當然，我確實不清楚您對寫作倫理的看法；至於事實真相，我更是毫無概念。外界為此紛擾不斷，但至少截至目前為止，您似乎無意對此做出回應——這在出版社的公開聲明中也已敘明。我無意以新聞自由、出版倫理或任何官冕堂皇的藉口逼迫您揭露真相；然而我必須承認，於閱讀《零度分離》，享受故事情節（是的，謂之「享受」無疑殘忍，因為我們何其明白，於命運的烈焰中，在一切的終盡處，人終究必將不成人形，僅存幻影，僅存灰燼），並於其中真切體驗生而為人的痛苦之時，〈霧中燈火〉所贈予我的困惑與憂迮，更顯無以名狀。它是真是假？篇章中您自述親訪 Eve Chalamet 男友 D.W. 的日期為 2055 年 4 月，距今已超過 200 年，如何可能為真？它又為何為真、為何為假？這難免使得〈霧中燈火〉之性質全然相異於其他篇章。讀者們該帶著迥異於其他篇章的閱讀預設閱讀〈霧中燈火〉嗎？

或者，您是否願意對此為讀者提供您的個人建議？

Adelia Seyfried：開個玩笑：您提到事件式夢境治療（準確地說，「類神經生物經神疾患療法」之一支）再度合法化的前景，此事未免過度敏感；可能還比我的真實身份或個人歷史更茲事體大。說白了，那可是直接關係到貴單位——是，Exotica 公司，此刻市值二千四百億元——的股價啊。這我不敢隨便亂說；稍一不慎，內線交易或操縱股價的罪名我可承擔不起（笑）。

言歸正傳。我首先想到的是，21 世紀初期華裔思想家劉仲敬（Zhongjing Liu）曾犀利指出，19 世紀以實證主義、功利思考為主流的除魅（disenchantment）運動，其作用正是大幅削弱了歐洲的憲政傳統——因為這些關乎「天賦人權」的憲法內容，並非徒具法典性質，而是有著聖奧古斯丁「神意秩序」與自然法概念的歷史淵源。那是西方一神教文明的中世紀遺產，且由於頗符合人類的理性慣性，早已被群眾「公理化」——一如「二點之間最短距離為一直線」之歐幾里得幾何公理一般被全盤接受。而這些憲政內容一旦遭到除魅，讓位予實證主義與功利主義，則憲政內容的神聖性與必然性必不復存。是以，「一戰之後，歐洲文明水準全面倒退，自詡進步的啓蒙（除魅）難辭其咎」——劉仲敬如此聲言。

是這樣嗎？它是否正確？我們在此先無須直接論斷劉此一說法之對錯（當然，他所謂「除魅」與「一戰後歐洲文明之倒退」確然令我們直接聯想到曇花一現的威瑪共和與其後法西斯的煙硝與浩劫）——我想說的是，如若此一世界真有所謂神意秩序之存在，那麼，理論上，此一神意秩序或也早已預演了歷史，並且預見了19世紀遍在的啟蒙與除魅，不是嗎？那理應是歷史的拉普拉斯之妖（Démon de Laplace，註解2），不是嗎？就此一角度而言，我個人對事件式夢境治療（此刻的非法夢境）是否終將就地合法的猜測，其實已無意義；因為無論答案為何，於談論此事之當下，我們早已不再可能改變此事的未來路徑。一切已成定局。

以上是我對您第一個提問的回應——不知您是否感受到我對被控以操縱股價之罪的恐懼了呢（笑）？

（未完待續）

註解1

物理學家史蒂芬．霍金與Leonard Mlodinow於21世紀初出版《大設計》（The Grand Design）一書，提出「依賴模型的實在論」（MDR，Model Dependent Realism）概念。何謂MDR？其首要前提為，承認人類之認知能力有其邊界。

舉例：根據牛頓第一運動定律，物體慣性呈等速度直線運動——以此為基礎，人類可得出一大套定律、公式，形成模型，用以成功解釋世界並預測世界。而設若有一群金魚生活於一圓形魚缸中，透過彎曲之玻璃觀看世界；則若有金魚界之牛頓存在，則金魚亦將得出「物體慣性呈曲線運動」之法則。而以此為基礎，金魚們亦可推導出全套不同於人類的定律、公式，形成模型，而此模型亦將成功解釋世界並預測世界。金魚的認知能力顯然受到限制；但這並不妨害模型之建立，而該模型也終將具有解釋效力。換言之，真正的「現實」（reality）為何，無論是金魚抑或人類都無法確定。金魚或人類所能做的，僅是持續提高自己模型的解釋力與精緻度而已。

此即「依賴模型的實在論」。有趣的是，類似概念亦曾被其他學者於其他領域提及。舉例，如時代稍晚於霍金之華裔史學家兼思想家劉仲敬便曾於述及「直覺」時表示，所謂「直覺判斷」即，「這是不可能有實質證據的」、「你可以把直覺看成一種模糊的判斷能力，看作一種先驗式的東西，就像康德說的物自體」、「理性產生的源頭你是不知道的，這個源頭為你設定了某些邊界，你能感覺到這個邊界的存在，但是你解釋不了這個邊界。能夠解釋的都是枝葉性的東西，就好像定理一樣，能夠被證明的定理都是枝葉性的東西，但是你沒有辦法證明公理，只能相信它」、「你必須說兩點之間的最短距離就是一條直線，而不需要去證明這一點」、「你必須相信這一點，然後才能在這個公理的基礎上建立幾何學」、「能夠證明的都是細節，這些細節都建立在那些不可能被證明、只能依賴信仰才能成立的先驗基礎之上」（見《文明更迭的源代碼》一書）。換言之，劉仲敬同樣強調人類認知能力的有限性，而人類的認知能力，正是用以建構上述MDR之「模型」的基礎。「模型」之所以僅是模型（而無法侈言觸及「真實」），正是因為人類認知能力之邊界。一切終不可知。正如劉仲敬引康德之「物自身」概念——物自身不可知。而所謂「人類認知能力之邊界」，不正從屬於「神意秩序」嗎？

註解2

「拉普拉斯之妖」概念由法國數學家皮耶西蒙．拉普拉斯（Pierre-Simon marquis de Laplace）於西元1814年提出。設想有一名為「拉普拉斯之妖」之智能，知曉某一特定時刻宇宙中所有粒子之一切物理性質（包括質量、速度、位置等等），則該智能即能透過牛頓運動定律測算未來任何時刻、任何粒子之狀態；當然，亦能回推過去任何時刻、任何粒子之狀態。則過去、現在、未來，一切時刻，一切狀態、一切事件，宇宙均將以一確定無可疑之圖像呈現於祂面前。

List des Schmerzes

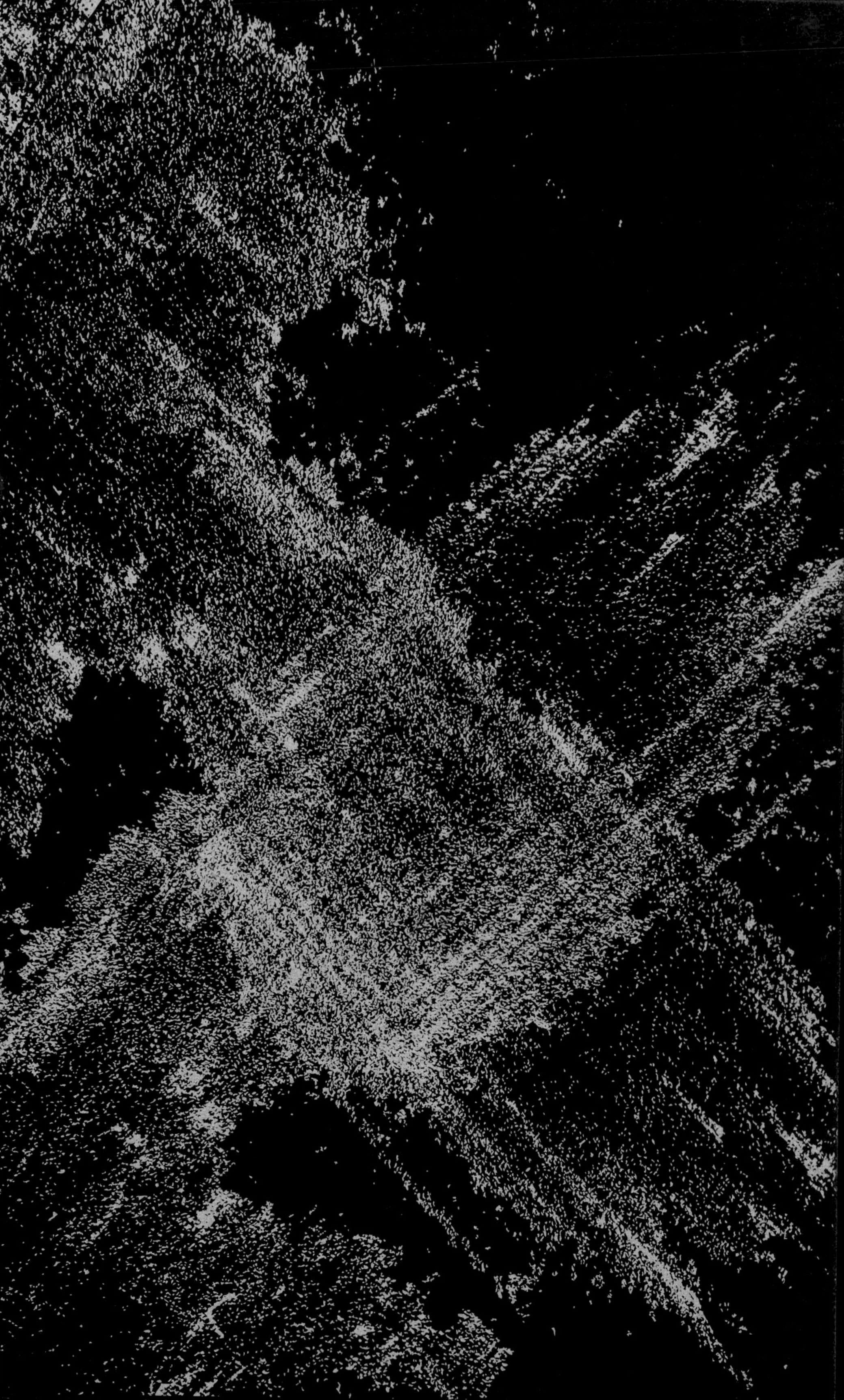